# LE CONVIVE DE PIERRE
## ET AUTRES
## SCÈNES DRAMATIQUES

DU MÊME AUTEUR aux éditions Actes Sud

*Eugène Onéguine*, 2005.

Titre original :
*Kamennyi Gost*


ISBN 978-2-7427-5841-8

Illustration de couverture :
Opekouchine, statue de Pouchkine (1880, Moscou)

ALEXANDRE POUCHKINE

# LE CONVIVE DE PIERRE

## ET AUTRES SCÈNES DRAMATIQUES

théâtre

traduit du russe et présenté
par André Markowicz

nouvelle édition révisée

BABEL

## AVERTISSEMENT

Ce livre comprend toutes les œuvres dramatiques de Pouchkine en dehors de son drame *Boris Godounov* (1825), qui, avec les premiers chapitres du roman en vers *Eugène Onéguine* (1823-1831), marqua l'avènement du romantisme russe – une esthétique dont allaient se réclamer, chacun à sa façon, et toujours en se référant à Pouchkine, des écrivains aussi différents que Gogol, Baratynski, Lermontov, Tiouttchev, ou, dans la génération suivante, Dostoïevski.

Dès l'achèvement de *Boris Godounov* (en novembre 1825), Pouchkine semble avoir eu l'idée de composer un certain nombre de "petites tragédies", qui auraient dû étudier non plus, comme le faisait le drame historique, "le destin de la nation et le destin de l'homme", mais seulement "le destin de l'homme" – ses passions, ses doutes, ses interrogations. Ces "scènes dramatiques" – et c'est ce qui fait leur caractère unique – visent aussi à explorer la matière théâtrale dans sa concentration la plus extrême, au lieu de la travailler en expansion, comme Shakespeare, Racine ou Goethe ; poser, développer et résoudre un conflit en dix, vingt pages au maximum.

Dès 1826, Pouchkine avait ainsi dressé une liste de sujets possibles :

– L'avare.
– Romulus et Rémus.
– Mozart et Salieri.
– Don Juan.
– Jésus.
– Bérald de Savoie.
– Paul Ier.
– Le diable amoureux.
– Dimitri et Marina.
– Kourbski.

Les quatre "scènes" achevées (avec *Le Festin pendant la peste*, qui ne figure pas sur cette liste) furent rédigées en l'espace de quinze jours, durant l'automne 1830, dans le village de Boldino, où il s'était trouvé enfermé par une quarantaine due à l'épidémie du choléra, pendant une période d'intense activité créatrice au cours de laquelle Pouchkine acheva une première version de son roman en vers *Eugène Onéguine*, composa les *Récits de Belkine*, écrivit son récit en vers *La Maisonnette de Kolomna* et une cinquantaine de poèmes lyriques, sans compter une dizaine d'articles et de notes diverses.

Chacune de ces pièces, on le remarquera, se situe dans un pays précis, reprend des thèmes, des œuvres d'une des grandes littératures occidentales, les acclimate à la Russie et les transforme. "Nous sommes les grands jugeurs", disait, en français, Pouchkine, qui affirmait que la Russie, civilisation européenne la plus récente, était la plus à même d'accueillir toutes les influences, toutes les voix de l'histoire, et que cette aptitude, unique, était ce qui forgeait sa langue, et la faisait russe. La

Russie n'était russe, semblait dire Pouchkine, que si elle se plaçait comme le point de convergence de l'Europe.

La première édition de ces pièces, parue chez Babel Actes Sud en 1993, était épuisée depuis longtemps. Nous proposons au lecteur des versions entièrement nouvelles de chacune d'elles. Une toute première version de *La Sirène*, élaborée en 1978, était parue en 1981 dans le tome II des *Œuvres poétiques* de Pouchkine publiées sous la direction d'Efim Etkind aux éditions L'Age d'Homme.

ANDRÉ MARKOWICZ,
*octobre 2005*.

# *I*

# *SCÈNES DRAMATIQUES*

# LE CHEVALIER AVARE

scènes tirées de la tragi-comédie de Chenstone
*The Covetous Knight*

## SCÈNE I

*Dans un donjon.*

*Albert et Ivan.*

ALBERT.
Quoi qu'il m'en coûte, il faut que je paraisse
A ce tournoi. Fais voir le heaume, Ivan.

*Ivan lui tend le heaume.*

Troué de part en part, faussé. Essaie
De le remettre ! Il m'en faudra un neuf.
Ce choc ! Ah, le maudit marquis Delorge !

IVAN.
N'empêche, vous lui avez fait payer
En le vidant à bas de son cheval,
Voilà deux jours qu'il est sans connaissance,
Et mal en point.

ALBERT.
C'est lui qui gagne au change ;
Sa cote vénitienne, elle est intacte
Et sa poitrine ne lui coûte rien,

Il n'ira pas s'en acheter une autre ;
Ah, j'aurais dû lui enlever son heaume
Là, sur-le-champ ! et je l'aurais bien fait,
Mais quoi, devant les dames et le duc,
J'ai eu trop honte. Le maudit marquis !
Troue-moi le crâne, au moins, et pas le heaume.
Il faut que je m'habille aussi. Là-bas,
Les chevaliers portaient tous du velours
Et du satin ; j'étais seul en armure
A la table du duc. J'ai pris l'excuse
D'être venu au tournoi par hasard.
Mais à présent que dire ?… Pauvreté,
O pauvreté ! Qu'elle avilit le cœur !
Lorsque Delorge, avec sa lourde lance,
Troua mon heaume et passa devant moi,
Moi, tête nue, j'éperonnai Emir
Et, d'un seul coup, je fus une tornade,
Projetant le marquis à quinze pas
Comme un page insolent ; comme les dames
Se dressèrent d'un coup, comme Clotilde
Se cacha le visage et, malgré elle,
Poussa un cri alors que les hérauts
Chantaient tous mon assaut ; personne alors
Ne cherchait à savoir d'où me venaient
Ma bravoure et ma force merveilleuses !
J'étais furieux à cause de mon heaume ;
L'héroïsme, il venait de l'avarice –
On a tôt fait d'en être empoisonné
Dès lors qu'on vit sous le toit de mon père.
Bon, et mon pauvre Emir ?

IVAN.

Il boîte encore.
On ne peut pas le sortir de l'étable.

ALBERT.
Rien à faire, j'achète l'Alezan.
Au demeurant, ils n'en veulent pas cher.

IVAN.
Pas cher, bien sûr, sauf que nous n'avons rien.

ALBERT.
Et que dit ce truand de Salomon ?

IVAN.
Il dit qu'il ne peut pas vous prêter plus
A moins que vous ne lui donniez un gage.

ALBERT.
Le diable, un gage ! où trouverai-je un gage ?

IVAN.
Je lui ai dit.

ALBERT.

Et lui ?

IVAN.

Il grogne et geint.

ALBERT.
Tu lui as dit que mon père est lui-même
Riche comme un youpin, et qu'un beau jour,
J'hériterai de tout ?

IVAN.

Je lui ai dit.

ALBERT.
Et lui ?

IVAN.
Il geint et grogne.

ALBERT.
Quel malheur !

IVAN.
Mais il voulait vous voir.

ALBERT.
Dieu soit loué.
Il ne partira pas sans sa rançon.

*On frappe à la porte.*

Qui est-ce ?

LE YOUPIN.
Un humble serviteur.

ALBERT.
L'ami !
Maudit youpin, très digne Salomon,
Approche un peu ; eh quoi, qu'entends-je dire,
Tu ne fais plus crédit ?

LE YOUPIN.
Mon bon seigneur,
Juré : je voudrais bien… je ne peux pas.
Où trouver de l'argent ? je suis à sec
A force de secours aux chevaliers.
Aucun ne paye. Vous-même, pourriez-vous,
Même en partie, me rembourser…

ALBERT.

Brigand !
Mais si j'avais un peu d'argent, crois-tu
Que je perdrais mon temps à te parler ?
Non, sois gentil, mon brave Salomon ;
Déballe tes écus. Une centaine,
Ou gare qu'on te fouille.

LE YOUPIN.

Cent écus !
Si j'avais cent écus !

ALBERT.

Tu n'as pas honte,
De refuser ton aide à tes amis ?

LE YOUPIN.

Mais je vous jure…

ALBERT.

Assez, assez. Tu veux
Un gage ? En voilà bien, des inepties !
Quel gage voudrais-tu ? du cuir de porc ?
Si j'avais eu un gage à te donner,
Je te l'aurais vendu depuis longtemps.
Ou la parole, chien, d'un chevalier
Ne te suffit donc pas ?

LE YOUPIN.

Votre parole,
Vous vivant, est d'un poids considérable.
Elle vous ouvre comme un talisman
Le moindre coffre du pays de Flandre.
Mais si vous me confiez cette parole,

A moi, un pauvre Juif, et que, soudain,
Vous décédiez (à Dieu ne plaise), alors,
Elle sera entre mes mains pareille
A la clé d'un coffret perdu en mer.

ALBERT.
Eh quoi, mon père me survivra-t-il ?

LE YOUPIN.
Qui sait ? nos jours, Dieu les compte pour nous ;
Tel jeune homme est en fleur, le voilà mort,
Et quatre vieux aux épaules voûtées
Le portent gravement jusqu'à la tombe.
Le baron se sent bien. Si Dieu le veut,
Il vivra dix, vingt ans, vingt-cinq, ou trente.

ALBERT.
Tu mens, le Juif : mais moi, d'ici trente ans,
J'aurai la cinquantaine, alors, à quoi
Me servira l'argent ?

LE YOUPIN.
L'argent ? – l'argent,
Il sert toujours, il sert à tous les âges ;
Le jeune y cherche un serviteur malin
Qu'il envoie sans compter à droite, à gauche.
Le vieux, lui, il y voit un vieil ami
Et il y tient autant qu'à sa vie même.

ALBERT.
Mon père n'y voit pas un serviteur
Ou un ami, – oh non, mais bien un maître ;
C'est lui qui s'est placé à son service.
Il sert comme un esclave d'Algérie,

Comme un chien à la chaîne. Il vit sans feu,
Dans son terrier, à l'eau et au pain sec,
Il ne dort pas, il s'agite, il aboie. –
C'est l'or qui dort tranquille dans ses coffres.
Tais-toi ! un jour, l'or me servira bien,
Il oubliera ce que c'est que dormir.

LE YOUPIN.
C'est vrai qu'aux funérailles du baron
On versera plus d'argent que de larmes.
Que Dieu vous fasse hériter vite.

ALBERT.
*Amen.*

LE YOUPIN.
Pourtant…

ALBERT.
Quoi ?

LE YOUPIN.
Rien, je pensais qu'un moyen
Existe, comme ça…

ALBERT.
Quel moyen ?

LE YOUPIN.
Non –
J'ai un ami, un petit vieux, un Juif,
Un pauvre apothicaire…

ALBERT.
Un usurier,
Autant que toi, ou un peu plus honnête ?

LE YOUPIN.
Non, chevalier, Tobias vend autre chose –
Il compose des gouttes… leur action,
C'est un miracle, oui.

ALBERT.
Qu'en ai-je à faire ?

LE YOUPIN.
Un verre d'eau… vous y versez trois gouttes,
C'est sans goût, sans couleur, indécelable ;
Et l'homme, sans douleur aux intestins,
Sans nausée ni souffrance, disparaît.

ALBERT.
C'est du poison qu'il vend.

LE YOUPIN.
Oui, du poison
Aussi.

ALBERT.
Et quoi ? Plutôt que de l'argent,
Tu veux me faire un prêt de deux cents fioles
A un écu la fiole. C'est bien ça ?

LE YOUPIN.
Non, il vous plaît de vous moquer de moi –
Je me disais… que, vous, peut-être… enfin,
Qu'il était temps que le baron décède.

ALBERT.
Empoisonner mon père ! à moi, tu oses…
Ivan ! tiens-le. A moi, son fils, tu oses !…

Mais sais-tu bien, cœur de youpin, serpent,
Chien ! que je vais te faire pendre, là,
Devant mes portes.

LE YOUPIN.

Monseigneur, pardon !
Je plaisantais.

ALBERT.

Ivan, la corde.

LE YOUPIN.

Je…
Je plaisantais. J'ai de l'argent pour vous.

ALBERT.
Dehors, chien !

*Le Juif s'en va.*

Voilà donc où me conduit
L'avarice d'un père ! Le youpin,
Ce qu'il osait me proposer ! Ivan,
Du vin, je tremble tout entier… N'empêche,
L'argent, il me le faut. Rattrape-le,
Ce maudit Juif, et prends-moi ses écus.
Et puis, ramène-moi un encrier,
Que je signe un reçu à cet escroc.
Mais, ce Judas, laisse-le à la porte…
Ou non, attends, je sens que ses écus
Ont l'odeur du poison, comme les trente
Deniers de son ancêtre. Je voulais
Du vin.

IVAN.

Du vin, on n'en a plus du tout.

ALBERT.

Mais celui que Raymond m'a envoyé
D'Espagne ?

IVAN.

Hier, j'ai porté la dernière
Bouteille au forgeron malade.

ALBERT.

Ah oui,
Je sais, je me souviens. Alors, de l'eau.
Maudite vie ! Assez, la messe est dite –
Je vais chercher justice auprès du duc,
Qu'il oblige mon père à me traiter
Comme son fils, pas comme une souris
Née au fond d'un sous-sol.

## SCÈNE II

*Une cave.*

LE BARON.

Comme un blanc-bec attend son rendez-vous
Avec je ne sais quelle embobineuse
Ou la gourde qu'il berne, ainsi, dès l'aube,
J'ai attendu l'instant de redescendre

Dans ma cave secrète, vers mes coffres
Fidèles. Jour de joie ! Je peux verser
Dans mon sixième coffre (un coffre vide
Encore ou presque) cette poignée d'or
Que j'ai accumulée. C'est peu à peu
Que croissent les trésors, et c'est de peu,
On le croirait. J'ai lu je ne sais où
Qu'un roi voulut un jour que ses guerriers
Lui versent tous une poignée de terre
En un seul tas, et c'est une colline
Qui, orgueilleuse, s'éleva – le roi
Empli de joie put contempler d'en haut
Et le vallon, couvert de tentes blanches,
Et l'océan où les vaisseaux voguaient.
Ainsi, moi-même, apportant mon tribut,
Par poignées pauvres, dans ma cave, ici,
J'ai dressé ma colline – et, du sommet,
Je peux voir l'étendue de ma puissance.
Que n'atteint-elle pas ? comme un démon,
D'ici, je peux régir la terre entière ;
Que je le veuille, et des palais s'élèvent ;
Foule riante, on voit courir les nymphes
Dans la magnificence de mes parcs ;
Les muses me présentent leurs offrandes,
Le génie libre se soumet à moi,
Et le travail austère, et la vertu
Attendent humblement ma récompense.
Je siffle – obéissant, tremblant de crainte,
Le crime ensanglanté rampe vers moi,
Lèche ma main et cherche dans mes yeux
Le moindre signe de ma volonté.

Tout m'obéit – je n'obéis à rien ;
Je suis serein, j'ai bridé les désirs ;
Je sais ce que je peux : cette conscience
Suffit.

*Il regarde son or.*

C'est peu, on pourrait croire, mais
Que de soucis humains, que de mensonges,
Que de malédictions, de cris, de larmes
Il représente dans sa pesanteur !
Ce vieux doublon… tiens, lui, là… Une veuve
Vient de me le donner, mais, avant ça,
Elle est restée, avec ses trois enfants,
Toute la matinée, sous ma fenêtre,
Agenouillée, hurlant. La pluie tombait,
Puis a cessé, puis a repris encore,
La comédienne était figée sur place,
J'aurais pu la chasser, mais quelque chose
Me chuchotait qu'elle apportait enfin
La dette de son homme et aurait peur
De finir en prison. Et celui-là ? –
Ce doublon-là, je le dois à Thibault –
Où l'a-t-il pris, le fainéant, le drôle ?
Il l'a volé, bien sûr ; ou bien, peut-être,
La nuit, dans la forêt, sur la grand-route…
Oui ! que le sang, les larmes, la sueur
Versés pour ce qui dort ici jaillissent
Ensemble des entrailles de la terre,
C'est un nouveau déluge, et je me noie
Dans mes caves fidèles. Mais, c'est l'heure.

*Il veut ouvrir le coffre.*

Chaque fois que je veux ouvrir un coffre,
Je me sens pris de fièvre et de frissons.
La peur ? oh non ! de qui aurais-je peur ?
Mon glaive est là : l'acier répond de l'or
Avec honneur, mais j'ai le cœur serré
D'un sentiment comme indéfinissable…
La médecine dit qu'il y a des hommes
Qui, dans le meurtre, éprouvent du plaisir.
Quand j'enfonce la clé dans la serrure,
Je ressens ce qu'ils doivent ressentir
Quand ils enfoncent leur couteau : c'est bon
Et c'est terrible.

*Il ouvre le coffre.*

Ma jouissance est là !

*Il verse l'argent.*

Allez, assez couru le monde, esclaves
Des passions et des besoins des hommes.
Dormez ici du sommeil de la force
Et du repos, comme dorment les dieux
Dans un éther sans fond… Je veux, ce jour,
Faire un festin : j'allume une bougie
Devant chacun des coffres, je les ouvre
Tous, et moi-même, je me place au centre
Et je regarde ces monceaux qui brillent.

*Il allume les bougies et ouvre les coffres l'un après l'autre.*

Je règne !… Quel scintillement magique !
Mon empire, il est fort, il m'obéit ;
C'est mon bonheur, mon honneur et ma gloire !
Je règne… mais qui donc prendra ma suite
Et régnera dessus ? Mon héritier !
Un fou, un jeune dilapidateur,
Un compagnon de bambocheurs infâmes !
Je meurs, et lui, lui, il descend ici,
Sous ces voûtes paisibles et muettes,
Avec ses foules de suiveurs avides.
Il volera les clés sur mon cadavre
Et, en riant, il ouvrira mes coffres,
Et mes trésors couleront à grands flots
Dans le velours de leurs poches percées.
Il brisera les calices divins,
Versera dans la fange l'ambroisie –
Il dilapidera… Mais de quel droit ?
Moi, tout cela, l'ai-je donc eu pour rien,
Ou bien comme un joueur aux osselets,
Qui plaisante, clic-clac, et qui empoche ?
Qui sait combien d'amères privations,
De passions bridées, de songes lourds,
Soucis de jour et insomnies nocturnes,
Tout cela m'a coûté ? Ou bien mon fils
Dira-t-il que mon cœur s'est recouvert
De mousse, que j'ai vécu sans désirs,
Que la conscience ne m'a pas rongé,
La conscience, ce fauve qui griffe
Au cœur, oui, la conscience, l'hôte
Inopportun, le confident sans joie,
Ce créancier grossier, cette sorcière

Qui fait pâlir la lune, qui retourne
Les tombes, qui en fait sortir les morts ?…
Qu'il paie d'abord le prix de sa richesse,
Et nous verrons si notre malheureux
Dilapide son sang, sa propre chair.
Oh, que je puisse des regards indignes
Dissimuler ma cave ! oh que je puisse
Sortir de tombe et, ombre sentinelle,
M'asseoir, là, sur un coffre, et préserver
Mes trésors des vivants comme aujourd'hui !…

SCÈNE III

*Au palais.*

ALBERT.
Croyez-moi, monseigneur, j'ai trop souffert
La honte amère de la pauvreté.
Sans cette extrémité, au grand jamais
Je n'aurais porté plainte.

LE DUC.
Certes, certes :
Un chevalier aussi noble que vous
Sans cette extrémité ne viendrait pas
Porter l'accusation contre son père.
Peu d'êtres sont aussi pervers que lui…
Apaisez-vous ; je le raisonnerai

Sans bruit, en tête à tête. Je l'attends.
Je ne l'ai pas revu depuis des lustres.
Il était un ami de mon grand-père.
Je me souviens, j'étais encor petit,
Il me faisait grimper sur son cheval
Et me couvrait avec son heaume énorme,
Comme avec une cloche.

*Il regarde par la fenêtre.*

Qui est là ?
N'est-ce pas lui ?

ALBERT.

C'est lui, seigneur.

LE DUC.

Passez
Dans la pièce à côté. Je vous appelle.

*Albert sort ; entre le baron.*

Baron, je suis heureux de vous voir vif
Et bien portant.

LE BARON.

Je suis heureux, seigneur,
D'avoir la force de paraître encore
A votre appel.

LE DUC.

Voilà longtemps, baron,
Longtemps que nous nous sommes séparés.
M'avez-vous oublié ?

LE BARON.

Moi, monseigneur ?
Je vous revois toujours. Oh, vous étiez
Un enfant dégourdi – le duc défunt
Me le disait : Philippe (il m'appelait
Toujours Philippe), hein, que m'en diras-tu ?
D'ici vingt ans, toi et moi, je te jure,
Devant ce galopin, nous serons bêtes...
Devant vous, n'est-ce pas...

LE DUC.

Renouvelons
Cette amitié. Vous oubliez ma cour.

LE BARON.
Je suis trop vieux, monseigneur : que ferai-je
A votre cour ? Vous êtes jeune ; vous
Aimez les fêtes, les tournois. Pour moi,
Je n'y vaux rien. Dieu vous envoie la guerre
Et je remonterai, perclus, en selle ;
Ma main tremblante trouvera la force
De dénuder mon glaive pour mon duc.

LE DUC.
Nous connaissons votre zèle, baron ;
Vous fûtes un ami de mon grand-père ;
Mon père avait de l'estime pour vous.
J'ai toujours vu en vous un chevalier
Fidèle et courageux – prenons un siège.
Avez-vous des enfants, baron ?

LE BARON.

Un fils.

LE DUC.
Que ne le vois-je ici ? Vous, notre cour
Vous lasse, mais, lui, son âge et son titre
Exigent qu'il se trouve auprès de nous.

LE BARON.
Mon fils déteste le fracas du monde ;
Il est d'humeur sauvage et taciturne –
Il erre seul ainsi qu'un jeune cerf
Dans les forêts qui cernent mon château.

LE DUC.
C'est mal à lui d'être un sauvage. Nous
Lui apprendrons les bals et les tournois.
Mandez-le-moi ; fixez à votre fils
Un traitement qui convienne à son rang…
Vous froncez le sourcil, c'est la fatigue
De la route, peut-être ?

LE BARON.
Non, seigneur ;
Mais vous m'avez troublé. J'aurais voulu
Ne pas vous l'avouer, mais me voici
Contraint de dire à propos de mon fils
Ce que j'aurais préféré vous cacher.
Il est, seigneur, pour mon malheur, indigne
Tant de votre attention que de vos grâces.
Il gâche sa jeunesse en vilenies,
En débauches mutines.

LE DUC.
La raison,
Baron, est qu'il est seul. La solitude

Comme l'oisiveté tuent la jeunesse.
Bref, envoyez-le-nous ; il oubliera
Ses habitudes nées dans le désert.

LE BARON.
Pardonnez-moi, seigneur, mais je vous jure
Que je ne peux que refuser…

LE DUC.
Pourquoi ?

LE BARON.
Epargnez un vieil homme…

LE DUC.
Je l'exige :
Ouvrez-moi la raison de ce refus.

LE BARON.
Je lui en veux.

LE DUC.
De quoi ?

LE BARON.
D'un sombre crime.

LE DUC.
Mais quel est donc ce crime, dites-moi ?

LE BARON.
Epargnez-moi, seigneur…

LE DUC.
C'est très étrange,
Ou bien il vous fait honte ?

LE BARON.

Oui… j'ai honte…

LE DUC.

Mais qu'a-t-il fait, enfin ?

LE BARON.

Il… a voulu
Me tuer.

LE DUC.

Vous tuer ! mais je vais le livrer
A la justice, c'est un monstre noir.

LE BARON.

Je ne veux pas le prouver, mais je sais
Qu'il attend que je meure, impatiemment,
Je sais qu'il a déjà tenté de me…

LE DUC.

Quoi ?

LE BARON.

Me voler, moi.

*Albert se précipite dans la salle.*

ALBERT.

Vous mentez, baron.

LE DUC *(au fils)*.

Quoi ? vous osez ?…

LE BARON.

Toi, toi, ici ? tu oses !…
A moi, ton propre père, un mot pareil !…

Je mens ! et devant qui ? le souverain !…
A moi, à moi… ne suis-je un chevalier ?

ALBERT.
Vous êtes un menteur.

LE BARON.
Et le tonnerre
N'a pas encor grondé, Dieu de justice !
Ramasse – et qu'entre nous, le glaive tranche !

*Il jette son gant, le fils le ramasse précipitamment.*

ALBERT.
Merci. C'est le premier cadeau d'un père.

LE DUC.
Qu'aurai-je vu ? de quoi suis-je témoin ?
Le fils relève le défi du père !
Et la chaîne ducale m'est échue
Pour voir cela ! Taisez-vous ; toi, le fou,
Et toi, le jeune tigre ! assez.

*Au fils.*

Ce gant,
Rendez-le-moi, laissez cela.

*Il le lui reprend.*

ALBERT *(à part)*.
Dommage.

LE DUC.
Il le serrait entre ses griffes ! – monstre !
Sortez : je vous défends de vous montrer

A mes regards avant que, de moi-même,
Je vous rappelle.

*Albert sort.*

Malheureux vieillard,
Vous, n'avez-vous pas honte ?

LE BARON.

Monseigneur,
Pardon… je ne tiens plus debout… mes jambes
Flageolent… Non, de l'air !… de l'air !… Mes clés,
Mes clés, où sont mes clés ?…

LE DUC.

Dieu ! Il est mort.
Siècle de fer, hommes au cœur de fer !

# MOZART ET SALIERI

## SCÈNE I

*Une salle.*

SALIERI.

On dit : pas de justice en ce bas monde.
Mais de justice en haut – pas plus. Pour moi,
C'est clair et net comme une simple gamme.
Moi, je suis né avec l'amour de l'art ;
J'étais enfant, lorsque, de ses hauteurs,
L'orgue sonnait dans notre vieille église,
Je l'écoutais, je m'envoûtais – des larmes
Involontaires, douces, m'inondaient.
Je rejetai très tôt les jeux oisifs ;
Toute science étrangère à la musique
Me répugna ; têtu et orgueilleux,
Je les reniai toutes, me livrant
A la musique seule. Il est pénible
Le premier pas et le chemin qui s'ouvre
Est long et morne. J'arrivai à bout
Des rigueurs du début. Je sus placer
L'artisanat en marchepied pour l'art ;
Je fus un artisan : j'eus dans les doigts
Une dextérité soumise et sèche,

J'eus l'oreille précise. Ayant tué
Les sons, je sus disséquer la musique
Comme un cadavre. J'appliquai l'algèbre
A l'harmonie. C'est alors seulement,
La science maîtrisée, que j'eus l'audace
De me livrer au bonheur de créer.
Je créai donc, mais seul, mais en secret,
Et sans oser encor rêver de gloire.
Souvent je me cloîtrais dans ma cellule,
Deux jours, trois jours, sans manger ni dormir,
Jouissant des larmes de l'inspiration
Et de l'extase et je livrais au feu
Le fruit de mon travail, restant glacé
Quand ma pensée, ces sons issus de moi
Fondaient, se consumant, fumée légère.
Que dis-je ? Quand parut l'immense Gluck
Qui nous ouvrit des mystères nouveaux
(Oui, d'envoûtants et de profonds mystères),
N'abandonnai-je pas tout mon savoir,
Tout mon amour, toute ma foi brûlante,
Pour le suivre avec joie, sans murmurer,
Comme un homme égaré croise un marcheur
Qui lui révèle une autre direction ?
Par un labeur constant et assidu,
J'obtins au bout du compte sur l'échelle
Illimitée de l'art un haut degré.
La gloire me sourit ; le cœur des hommes
Se fit l'écho de ce que je créais.
J'étais heureux ; je jouissais en paix
De mon travail, du succès, de la gloire ;
Et tout autant de ceux de mes amis,

De mes confrères dans cet art divin.
Non, je n'avais jamais été jaloux,
Oh non, jamais ! – ni lorsque Piccinni
Conquit l'amour des Parisiens incultes,
Ni lorsque j'entendis les premiers sons
D'*Iphigénie* quand ils furent créés.
Qui soutiendra que le fier Salieri
Fut, un seul jour, un jaloux méprisable,
Fut un serpent, foulé, vivant, aux pieds,
Mordant poussière et sable en rage vaine ?
Personne !... Et aujourd'hui – je le dis, moi –
Oui, aujourd'hui, je suis jaloux. Jaloux ;
Profondément, atrocement. – O, Ciel !
Quelle justice quand le don sacré,
Quand l'immortel génie ne récompensent
Rien, ni la flamme, ni le don de soi,
Quand, méprisant l'effort et la prière,
Ils vont illuminer le front d'un fou,
De ce viveur oisif ?... Mozart, Mozart !

*Entre Mozart.*

MOZART.
Ah ! tu m'as vu ! moi qui voulais t'offrir
Une surprise, de quoi rire ensemble.

SALIERI.
Tu étais là ! – Depuis longtemps ?

MOZART.
J'arrive.
Je venais te montrer un petit rien ;
Mais en passant devant une taverne,

J'ai entendu tout à coup un violon…
Oh non, jamais, mon ami Salieri,
Tu n'auras rien entendu d'aussi drôle…
Dans la taverne, un violeux aveugle
Jouait *Voi che sapete*. Un miracle !
Je n'y ai pas tenu, je te l'amène,
Pour que, son art, tu l'apprécies toi-même.
Entre !

*Entre un vieillard aveugle, avec un violon.*

Joue-nous un morceau de Mozart !

*Le vieillard joue une aria de* Don Juan.
*Mozart rit aux éclats.*

SALIERI.
Et tu peux rire, toi ?

MOZART.
Ah, Salieri !
Toi, donc, ça ne te fait pas rire ?

SALIERI.
Non.
Je ne ris pas de voir un barbouilleur
Grotesque me salir une Madone
De Raphaël, je ne ris pas de voir
Un pitre parodier Alighieri
Et l'avilir. Va-t'en, vieillard.

MOZART.
Attends ;
Tiens, bois à ma santé.

*Le vieillard sort.*

Non, Salieri,
Je te sens l'esprit sombre. Il vaudrait mieux
Que je repasse.

SALIERI.

Que m'apportais-tu ?

MOZART.

Non – rien ; quelques vétilles. Cette nuit
Mon insomnie me faisait des misères,
Deux-trois idées me sont venues en tête.
Je viens de les noter. J'avais envie
D'entendre ton avis ; mais, pour l'instant,
Je te dérange.

SALIERI.

Enfin, Mozart, Mozart !
Quand me déranges-tu ? Installe-toi ;
J'écoute.

MOZART *(au pianoforte).*

Donc, imagine… qui ça ?
Moi, par exemple – mais un peu plus jeune ;
Amoureux – mais pas trop, non, juste un peu –
Avec ma belle, ou un ami – tiens, toi,
Je me sens gai… Soudain : vision de mort,
Ténèbres brusques, Dieu sait quoi encore…
Bon, bref, écoute.

*Il joue.*

SALIERI.

Et, m'apportant cela,
Tu as pu t'arrêter dans la taverne

Pour écouter le vieil aveugle ! – Dieu !
Mozart, tu es indigne de toi-même.

MOZART.
Alors, c'est bien ?

SALIERI.
C'est d'une profondeur !
Et quelle audace et quelle fermeté !
Mozart, tu es un dieu et tu l'ignores ;
Moi, je le sais, moi.

MOZART.
Vrai ? si tu le dis…
Mais, ma divinité, elle a un creux.

SALIERI.
Ecoute, si tu veux, dînons ensemble
A la taverne du Lion-d'Or.

MOZART.
Ma foi ;
Fort bien. Mais je repasse à la maison
Pour que ma femme ne m'attende pas
Pour le dîner.

SALIERI.
Donc, je t'attends ; prends garde.
Non ! je ne peux combattre davantage
Ce qui est mon destin : je suis élu
Pour l'arrêter – sinon, nous mourrons tous,
Prêtres et serviteurs de la musique,
Et pas moi seul avec ma pauvre gloire…
A quoi pourrait servir que Mozart vive

Et qu'il atteigne une hauteur nouvelle ?
Rendra-t-il l'art plus haut encore ? Non ;
Qu'il disparaisse et l'art retombera :
Il n'a pas d'héritier à nous laisser.
A quoi sert-il ? Il est comme un archange
Qui nous rapporte quelques chants célestes
Pour agiter notre désir sans force
D'enfants de la poussière et s'envoler !
Eh bien, envole-toi ! et au plus vite.

Ce poison, dernier don de mon Isaure,
Cela fait dix-huit ans qu'il m'accompagne –
Et la vie m'a souvent, depuis ce temps,
Semblé une blessure insupportable,
Et j'ai souvent partagé le repas
D'ennemis nonchalants, et sans jamais
Céder à un murmure tentateur.
Et cependant, je ne suis pas un lâche,
Et je ressens l'injure au plus profond
Et j'aime peu la vie. Non, j'attendais.
La soif de mort avait beau me ronger,
Pourquoi mourir ? me disais-je, la vie
M'apportera peut-être d'autres dons ;
Les nuits d'inspiration, les nuits d'extase,
De création viendront encor peut-être,
Peut-être un nouveau Haydn créera-t-il
Encore du sublime – et j'en jouirai...
Je festoyais, haïssant mon convive,
Et me disais, peut-être trouverai-je
Un ennemi plus grand ou une injure
Plus grande m'atteindra encor peut-être

Du haut de son orgueil, et c'est alors
Que j'aurai ton usage, don d'Isaure.
Et j'ai vu juste ! et j'ai enfin trouvé
Mon ennemi et, oui, le nouveau Haydn
M'a enivré d'une extase divine !
L'heure a sonné ! don secret de l'amour,
C'est l'amitié qui t'offre ici sa coupe.

## SCÈNE II

*Un salon particulier dans une taverne ; un piano-forte.*

*Mozart et Salieri à table.*

SALIERI.
Tu es sombre aujourd'hui ?

MOZART.
Moi ? Pas du tout !

SALIERI.
Non, Mozart, quelque chose te rend triste ?
Les plats sont excellents, le vin fameux,
Toi, tu te tais, tu fronces le sourcil.

MOZART.
Vrai, c'est mon *Requiem* qui me tracasse…

SALIERI.
Tu fais un *Requiem* ? Depuis longtemps ?

MOZART.
Oui, presque un mois. C'est une histoire étrange...
Je ne t'avais rien dit ?

SALIERI.
Non.

MOZART.
Bah, écoute.
Voici un mois, je suis rentré très tard
A la maison. Un homme était passé
Me voir. Je ne sais pas pourquoi, mais, moi,
J'y ai pensé toute la nuit : qui donc
Etait-ce ? Et que me voulait-il ? Le jour
Suivant, il passe, et il me manque encore.
Le lendemain, je m'amusais par terre
Avec mon garnement. Quelqu'un m'appelle ;
Je sors. Un homme tout de noir vêtu
Salue avec respect, il me commande
Un *Requiem* et disparaît. Je fais
De suite les premiers brouillons – depuis,
Mon homme noir n'est plus venu ; tant mieux
D'ailleurs ; j'aurais du mal à me défaire
De mon travail, pourtant mon *Requiem*
Est presque prêt. Et malgré tout, je...

SALIERI.
Quoi ?

MOZART.
J'ai un peu honte à l'avouer...

SALIERI.
Quoi donc ?

MOZART.
Mon homme noir, toujours et sans repos,
Il me tourmente. Il me suit comme une ombre
Où que je sois. Tiens, même en ce moment,
J'ai l'impression qu'il est comme un troisième
Entre nous deux.

SALIERI.
Voilà des peurs de gosse !
Oublie ta pensée creuse. Beaumarchais
Me le disait : "Vieux frère Salieri,
Quand tu te sens venir des idées noires,
Deux solutions : tu sables du champagne
Ou tu relis mon *Figaro*."

MOZART.
Mais oui !
Tu as été l'ami de Beaumarchais ;
Et c'est pour lui que tu as fait *Tarare*,
Une grande œuvre. Il y a un motif
Dedans, je le fredonne sans arrêt
Lorsque je suis heureux… La la la la…
Dis, Salieri, c'est vrai que Beaumarchais
Aurait empoisonné quelqu'un ?

SALIERI.
J'en doute :
C'était un homme trop porté à rire
Pour faire un tel métier.

MOZART.
C'est un génie,
Comme nous deux. Le crime et le génie

Sont deux réalités incompatibles.
C'est vrai, non ?

SALIERI.

Tu crois ça ?

*Il jette du poison dans le verre de Mozart.*

Tiens, bois.

MOZART.

A ta
Santé, l'ami, à l'alliance sincère
Qui réunit Mozart et Salieri,
Deux fils de l'harmonie.

*Il boit.*

SALIERI.

Attends, attends,
Attends !... Tu as tout bu, déjà !... Sans moi ?

MOZART *(jetant sa serviette sur la table).*
Assez, j'ai trop mangé.

*Il se dirige vers le pianoforte.*

Ecoute un peu
Mon *Requiem.*

*Il joue.*

Quoi, tu pleures ?

SALIERI.

Ces larmes
Sont les premières : douces, douloureuses,

J'ai accompli comme un devoir terrible,
C'était comme un couteau qui, vous sauvant,
Tranche un membre qui souffre. Ami Mozart,
Oublie ces larmes, continue, fais vite,
Emplis encor mon âme de musique…

MOZART.
Si tous sentaient autant que toi la force
De l'harmonie ! Mais non : le monde même
Cesserait d'être ; nul ne voudrait plus
Se soucier des besoins de cette vie ;
L'art libre entraînerait le monde entier.
Nous sommes peu d'élus, heureux oisifs,
A mépriser l'utilité mesquine,
Prêtres de la beauté en tant que telle.
C'est vrai, non ? Mais, d'un coup, je me sens mal,
Quelque chose me pèse ; allons dormir.
Adieu donc !

SALIERI.
Au revoir.

*Seul.*

Tu dormiras
Longtemps, Mozart ! Pourtant, s'il disait vrai,
Suis-je un génie ? Le crime et le génie
Sont deux réalités incompatibles.
Ce n'est pas vrai : et Michel-Ange ? ou quoi,
C'est une fable de la foule absurde –
Et il n'aurait vraiment tué personne,
Celui qui a créé le Vatican ?

# LE CONVIVE DE PIERRE

LEPORELLO : *O statua gentilissima*
*Del grand' Commendatore !…*
*…Ah, Padrone !*

*Don Giovanni*

## SCÈNE I

*Don Juan et Leporello.*

DON JUAN.
Guettons la nuit ici. Enfin, nous sommes
Devant les portes de Madrid, j'ai hâte
De m'élancer dans ces rues familières,
Chapeau sur les sourcils, ma large cape
Sur la moustache. On peut me reconnaître ?

LEPORELLO.
Don Juan, le reconnaître, pensez-vous !
Ils sont légion, ses pareils !

DON JUAN.
Tu plaisantes ?
Qui me reconnaîtrait ?

LEPORELLO.
Le premier garde,
Ou la gitane, ou le chanteur des rues,
Ou votre frère, un cavalier faraud,
Avec sa cape et son épée dessous.

DON JUAN.
Bah, qu'on me reconnaisse. Du moment
Que j'évite le roi. Quoique, à vrai dire,
Je n'ai peur de personne dans Madrid.

LEPORELLO.
Et, dès demain, le roi l'aura appris :
Don Juan, rentrant d'exil de par lui-même,
Paraît en plein Madrid ; là, dites-moi,
Que va-t-il faire ?

DON JUAN.
Il va m'y renvoyer.
Il ne me fera pas couper la tête.
Je ne suis pas un criminel d'Etat.
Il m'éloigne d'ici par amitié.
C'est pour que la famille du défunt
Me laisse en paix…

LEPORELLO.
Et voilà, justement,
Vous auriez dû rester là-bas, tranquille.

DON JUAN.
Merci beaucoup ! Là-bas, un jour de plus,
Et je mourais d'ennui. Ces gens ! ces terres !
Et puis ce ciel – de la fumée, rien d'autre.
Et les femmes ? Je n'échangerais pas,
Leporello, la dernière vachère
D'Andalousie, je t'en fais le serment,
Pour la première de leurs belles – vrai !
Au tout début, ce que j'aimais en elles,
C'est leurs yeux bleu foncé, et leur blancheur,

Et leur pudeur – surtout leur nouveauté.
Mais, grâce à Dieu, j'ai compris assez vite, –
J'ai vu qu'on perd son temps rien qu'à les suivre –
Aucune vie, que des poupées de cire ;
Les nôtres… Mais, dis-donc, cet endroit-là,
Nous le connaissons bien ; tu reconnais ?

LEPORELLO.
Si je connais ! Le cloître Saint-Antoine,
Je m'en souviens. Vous y veniez, et, moi,
Je gardais les chevaux dans ce taillis.
Satanée charge, tant qu'à dire. Vous,
Ici, vous preniez du bon temps, bien plus
Que moi, je vous assure.

DON JUAN *(songeur)*.
Pauvre Inès !
Elle a passé ! je l'ai aimée si fort !

LEPORELLO.
Inès ! – et ses yeux noirs… je me souviens.
Vous l'avez courtisée pendant trois mois
En vain, mais le malin vous a aidé.

DON JUAN.
Une nuit de juillet… Un charme étrange
Naissait de son regard mélancolique,
De ses lèvres meurtries. C'était étrange.
Tu ne la trouvais pas, je crois, très belle.
Et tu n'avais pas tort. De vraie beauté,
Au fond, elle n'en avait pas. Les yeux,
Rien que les yeux. Et ce regard… Jamais
Je n'ai revu ce regard-là. Sa voix,

Aussi, éteinte et douce – souffreteuse –.
Son mari, lui, c'était un triste sire,
Je l'ai appris trop tard... La pauvre Inès.

LEPORELLO.
Mais, elle, d'autres l'ont suivie.

DON JUAN.
C'est vrai.

LEPORELLO.
Et, si Dieu veut, d'autres suivront encore.

DON JUAN.
Evidemment.

LEPORELLO.
Et laquelle à Madrid
Partirons-nous chercher ?

DON JUAN.
Oh, mais Laura !
Je cours paraître droit chez elle !

LEPORELLO.
Soit.

DON JUAN.
A grands coups dans la porte, et si quelqu'un
Y est déjà : dehors, par la fenêtre.

LEPORELLO.
Bien entendu. Nous revoilà tout gai.
Les mortes ne nous troublent pas longtemps.
Qui vient vers nous ?

*Entre un moine.*

LE MOINE.

C'est l'heure où elle arrive.
Qui êtes-vous ? Gens de Dona Anna ?

LEPORELLO.
Mais non, vous nous voyez nos propres maîtres,
En promenade.

DON JUAN.

Et vous attendez qui ?

LE MOINE.
C'est l'heure où Dona Anna se recueille
Sur le tombeau de son époux.

DON JUAN.

Dona
Anna ! – L'épouse de ce commandeur
Tué... par qui ? voyons...

LE MOINE.

Le sacrilège,
Le débauché, le monstrueux Don Juan.

LEPORELLO.
Oh, dites-moi ! La gloire de Don Juan
Franchit les murs de ce paisible cloître,
Les moines même chantent ses louanges.

LE MOINE.
Vous le connaîtriez ?

LEPORELLO.

Qui, nous ? du tout.
Où est-il à présent ?

LE MOINE.

Il n'est plus là,
Il est loin, en exil.

LEPORELLO.

Loué soit Dieu.
Plus il est loin, mieux c'est. Ces débauchés,
Moi, dans un sac – et plouf ! – tous, à la mer !

DON JUAN.

Quoi, que dis-tu ?

LEPORELLO.

Vous, chut : je fais exprès...

DON JUAN.

Le commandeur repose donc ici ?

LE MOINE.

Ici ; sa veuve lui a fait dresser
Ce monument, elle y vient tous les jours
Prier pour le repos de son époux
Et pour pleurer.

DON JUAN.

Quelle veuve étrange !
Et, elle est belle ?

LE MOINE.

La beauté des femmes
Ne doit point nous tenter, nous autres moines,
Mais mentir est péché, et même un saint
Lui trouverait une beauté magique.

DON JUAN.
Le vieux, donc, n'était pas jaloux pour rien.
Il enfermait sa femme à double tour,
Aucun de nous n'a jamais pu la voir.
Je voudrais bien lui dire quelques mots.

LE MOINE.
Dona Anna ne parlera jamais
Avec un homme.

DON JUAN.
Et avec vous, mon père ?

LE MOINE.
Pour moi, c'est autre chose ; je suis moine.
Mais la voici qui vient.

*Entre Dona Anna.*

DONA ANNA.
Mon père, ouvrez.

LE MOINE.
Je viens, señora, je vous attendais.

*Dona Anna suit le moine.*

LEPORELLO.
Alors, pas mal ?

DON JUAN.
On n'en voit rien du tout
Avec le voile noir de son veuvage,
J'ai remarqué juste un talon tout fin.

LEPORELLO.

Ça vous suffit. Votre imagination
Vous peindra tout le reste à la minute.
Vous êtes plus malin qu'un peintre ; vous,
Par quoi vous commencez, peu vous importe,
Les pieds ou les sourcils.

DON JUAN.

Leporello,
Nous ferons connaissance.

LEPORELLO.

Et allons donc !
Qui s'y oppose : il vous tue le mari
Et cherche à voir les larmes de la veuve.
Honte sur vous !

DON JUAN.

Mais il fait nuit, déjà.
Tant que la lune hésite et ne transforme
La nuit obscure en des pénombres claires,
Pénétrons dans Madrid.

*Il sort.*

LEPORELLO.

Un grand d'Espagne,
Comme un voleur, attend la nuit, et craint
La lune – Dieu ! Combien de temps encore
Traînerai-je avec lui ; je n'en peux plus.

## SCÈNE II

*Une salle. Un dîner chez Laura.*

PREMIER INVITÉ.
Laura, jamais encore, je te jure,
Ton jeu n'avait été aussi parfait.
Quelle justesse dans l'idée du rôle.

LE DEUXIÈME.
Et quelle incarnation ! et quelle force !

LE TROISIÈME.
Quel art !

LAURA.
C'est vrai, ce soir, j'ai réussi
Le moindre mouvement, le moindre mot.
Je me livrais, libre, à l'inspiration,
Et chaque mot n'avait qu'une origine,
Non la mémoire esclave mais le cœur.

LE PREMIER.
Vrai, et, tes yeux, ils continuent de luire,
Et tes joues sont en flammes, l'enthousiasme
Brûle toujours en toi. Refuse-lui,
Laura, de se tarir stérile ; chante,
Chante encore, Laura.

LAURA.
Bon, la guitare.

*Elle chante.*

TOUS.
Bravo ! bravo ! magique ! incomparable !

LE PREMIER.
Merci, ensorceleuse. Tu nous touches
A l'âme. Des jouissances de la vie,
L'amour est seul plus fort que la musique,
Mais l'amour même est mélodie… regarde :
Même Carlos, ton hôte taciturne,
En est ému.

LE DEUXIÈME.
Quelle âme dans ces notes !
Et de qui, les paroles ?

LAURA.
De Don Juan.

DON CARLOS.
Don Juan ? Quoi ?

LAURA.
Oui, – c'est mon ami fidèle
Et mon frivole amant qui les a faites.

DON CARLOS.
Don Juan est un impie, un scélérat,
Et toi, toi, une idiote.

LAURA.
Tu es fou ?
Tu veux, tout grand d'Espagne que tu es,
Que j'appelle mes gens et qu'ils t'égorgent ?

DON CARLOS *(il se lève)*.
Vas-y.

LE PREMIER.

Laura, arrête… et toi, Carlos,
Apaise-toi. Elle avait oublié…

LAURA.

Que quoi ? Que Juan, dans un duel d'honneur,
A tué son frère ? – Ah, il aurait mieux fait
De le tuer, lui.

DON CARLOS.

Ma rage était stupide.

LAURA.

Aha ! donc, tu l'admets : tu es stupide.
Faisons la paix.

DON CARLOS.

C'est ma faute, Laura,
Pardon. Mais tu sais bien : rien que son nom
Me jette malgré moi dans la furie.

LAURA.

Et moi, est-ce ma faute si son nom
Me revient sur la langue à chaque instant ?

UN INVITÉ.

Pour nous montrer que tu n'es pas fâchée,
Laura, encore une autre…

LAURA.

La dernière –
Il est déjà minuit. Que chanterai-je ?
Tiens, écoutez.

*Elle chante.*

TOUS.

Splendide, incomparable !

LAURA.

Eh bien, adieu, messieurs.

LES INVITÉS.

Adieu, Laura.

*Ils sortent. Laura arrête Don Carlos.*

LAURA.

Eh, toi, le furibond ! reste avec moi
Cette nuit, tu m'as plu ; j'ai cru revoir
Don Juan quand tu m'as injuriée – de rage,
Tu en grinçais des dents.

DON CARLOS.

Le bienheureux !
Donc, alors, tu l'aimais.

*Laura fait un signe affirmatif de la tête.*

Beaucoup ?

LAURA.

Beaucoup.

DON CARLOS.

Et maintenant, tu l'aimes ?

LAURA.

A la minute,
Là ? Non, je ne peux pas aimer deux hommes.
Non, maintenant, je t'aime, toi.

DON CARLOS.

Dis-moi,
Laura, quel âge as-tu ?

LAURA.

J'ai dix-huit ans.

DON CARLOS.
Tu es bien jeune… Et tu resteras jeune
Encor cinq ou six ans. Des foules d'hommes,
Cinq ou six ans, se presseront chez toi,
Flattant, choyant, te couvrant de cadeaux,
Te distrayant avec leurs sérénades,
S'entretuant, la nuit, aux carrefours,
Pour tes beaux yeux. Mais une fois ce temps
Passé, lorsque tes yeux seront creusés,
Tes paupières, plissées, auront noirci,
Et que ta natte aura des mèches grises,
Et que les gens t'appelleront "la vieille",
Alors, que diras-tu ?

LAURA.

Alors ? Pourquoi
Penser à ça ? En voilà des questions !
C'est le genre d'idées que tu rumines ?
Viens – ouvre le balcon. Ce ciel serein…
L'air immobile est chaud ; la nuit embaume
L'orange et le laurier, la lune claire
Brille dans un azur obscur et dense
Et l'on entend l'écho traînant du guet,
Alors que, loin, dans le nord – à Paris –
Le ciel, peut-être, est couvert de nuages,

Il tombe une pluie froide et le vent souffle –
Mais nous, que nous importe ? Viens, Carlos,
Je l'ordonne, je veux – fais un sourire.
Voilà.

DON CARLOS.
Mon cher démon !

*On frappe.*

DON JUAN.
Ohé ! Laura !

LAURA.
Qui est-ce ? Mais, cette voix, je la…

DON JUAN.
Ouvre…

LAURA.
Pas possible !… Mon Dieu !…

*Elle ouvre les portes, entre Don Juan.*

DON JUAN.
Bonsoir…

LAURA.
Don Juan !…

*Laura se jette à son cou.*

DON CARLOS.
Comment ! Don Juan !…

DON JUAN.
Laura, ma douce amie !…

*Il l'embrasse.*

Qui reçois-tu, Laura, ma toute belle ?

DON CARLOS.
Moi, Don Carlos.

DON JUAN.
Rencontre malvenue !
Demain, je suis à ton service.

DON CARLOS.
Non,
Là – maintenant.

LAURA.
Arrêtez, Don Carlos !
Vous vous trouvez chez moi, pas dans la rue –
Je vous prie de sortir.

DON CARLOS *(sans l'écouter).*
J'attends. Eh bien,
Tu es armé.

DON JUAN.
Puisque ça te démange,
Je suis à ton service.

*Ils se battent.*

LAURA.
Aïe ! Aïe ! Non ! Juan !...

*Elle se jette sur le lit. Don Carlos tombe.*

DON JUAN.
Relève-toi, Laura : c'est fini.

LAURA.
Quoi ?
Mort ? magnifique ! et chez moi, dans ma chambre !
Et moi, que vais-je faire maintenant,
Garnement, méchant diable ? Où le jeter ?

DON JUAN.
Il vit encor, peut-être ?

LAURA.
Il vit encore ?...
Tu l'as troué au cœur, en plein, regarde,
Un tout petit triangle et pas de sang,
Et plus trace de souffle... alors ?

DON JUAN.
Que faire ?
C'est lui qui l'a voulu.

LAURA.
Tu sais, Don Juan,
C'est à pleurer. Sans arrêt, des bêtises –
Et jamais de ta faute... D'où viens-tu ?
Tu es rentré depuis longtemps ?

DON JUAN.
J'arrive,
Incognito – je n'ai pas mon pardon.

LAURA.
Tu as pensé de suite à ta Laura ?
Ah, ça, c'est bien. Mais non, je n'y crois guère,

Tu passais, tu as vu la maison,
C'est par hasard.

DON JUAN.

Non, ma Laura, demande
A mon Leporello. J'ai une chambre
Dans les faubourgs, une auberge maudite –
C'est pour Laura que je rentre à Madrid.

*Il l'embrasse.*

LAURA.
Mon bel ami !... attends... devant un mort !...
Que faire avec ?

DON JUAN.

Oublie-le : avant l'aube,
Je te le sortirai dans son manteau
Pour le laisser au premier carrefour.

LAURA.
Mais attention, fais-le discrètement.
La bonne inspiration que tu as eue
D'être apparu juste à ce moment-là !
J'avais chez moi tes amis à dîner.
Ils viennent de partir... S'ils t'avaient vu !

DON JUAN.
Laura, tu l'aimes, lui, depuis longtemps ?

LAURA.
Qui, lui ? Mais tu délires.

DON JUAN.

Non, avoue :
Dis-le, tu m'as trahi combien de fois
En mon absence ?

LAURA.

Et toi, méchant garçon ?

DON JUAN.
J'écoute… Non, nous parlerons plus tard.

## SCÈNE III

*La statue du commandeur.*

DON JUAN.
Tout est parfait ; ayant, sans le vouloir,
Tué Don Carlos, je suis caché ici
En humble ermite, – je vois tous les jours
Mon adorable veuve, et je crois même
Qu'elle m'a remarqué. Jusqu'à présent,
Nous nous tenions distants ; mais, aujourd'hui,
J'engage les débats ; l'heure est venue.
Par quoi commencerai-je ? "J'oserai…"
Non : "Señora…" Bah, ce qui me viendra,
Je parlerai sans plan préétabli,
En improvisateur du chant d'amour…
Mais elle est en retard. Le commandeur,
J'ai l'impression qu'il se morfond sans elle.
Ah, ils vous l'ont sculpté comme un colosse !
Un Héraclès ! Non, rien que les épaules !
Le défunt, lui, était petit et maigre.
Il se mettrait sur la pointe des pieds,
Il toucherait à peine sa moustache.

Dans le duel, derrière l'Escurial,
Il s'est planté sur mon épée, figé
Comme un criquet sur une épingle, mais
Il était fier et brave – une âme sombre...
Ah ! la voici.

*Entre Dona Anna.*

DONA ANNA.
Lui, à nouveau. Mon père,
Je vous distrais dans vos méditations –
Pardon.

DON JUAN.
C'est moi qui dois vous demander
Pardon, puisque j'empêche votre peine
De s'épancher en toute liberté.

DONA ANNA.
Mon père – non ; ma peine reste en moi,
Vous près de moi, je sens que ma supplique
Monte humblement au ciel – je vous demande
D'y joindre votre voix, à vous aussi.

DON JUAN.
Moi, prier avec vous, Dona Anna ?
Ce destin-là, j'en suis indigne. Puis-je
Prétendre, sur mes lèvres pécheresses,
Répéter vos prières sanctifiées –
Je ne puis que, de loin, en vénérant,
Vous regarder quand, inclinée, si tendre,
Vous répandez sur la pâleur du marbre
Vos cheveux noirs – et je crois voir un ange
Penché, mystérieux, sur cette tombe,

Et je ne trouve dans mon cœur troublé
Nulle prière. Non, muet, je pense –
Heureux celui dont le marbre glacé
Est réchauffé par son souffle céleste
Et humecté par ses larmes d'amour…

DONA ANNA.
Que ces mots sont… étranges !

DON JUAN.
Señora ?

DONA ANNA.
J'ai cru… vous oubliez.

DON JUAN.
Quoi, que je suis
Un pauvre ermite indigne ? Que ma voix
Pécheresse résonne ici trop fort ?

DONA ANNA.
Il m'a semblé… ou je n'ai pas compris…

DON JUAN.
Ah, je vois bien : vous savez tout, oui, tout !

DONA ANNA.
Moi, je sais tout ?

DON JUAN.
Je ne suis pas un moine –
Et, à vos pieds, j'implore mon pardon.

DONA ANNA.
Mon Dieu ! relevez-vous… Qui êtes-vous ?

DON JUAN.
La pauvre proie d'un feu désespéré.

DONA ANNA.
O, Dieu ! ici, et face à ce tombeau !
Sortez.

DON JUAN.
Dona Anna, une minute !
Rien qu'une seule !

DONA ANNA.
Si quelqu'un entrait ?

DON JUAN.
La grille est refermée. Une minute !

DONA ANNA.
Eh bien ? Alors ? Qu'exigez-vous ?

DON JUAN.
La mort.
Oh, que je meure ici, à vos genoux,
Et qu'on enterre ici mes pauvres cendres,
Non près des cendres que vous adorez,
Ici, – tout près – plus loin, là-bas,
Là – près des portes, juste sur le seuil,
Que votre pied gracile ou votre robe
M'effleurent quand vous vous rendrez ici
Pour incliner sur cette fière tombe
Vos boucles noires et verser vos larmes.

DONA ANNA.
Vous êtes fou.

DON JUAN.

Ou désirer la mort
Est signe de folie, Dona Anna ?
Si j'avais été fou, j'aurais voulu
Rester vivant, j'aurais gardé l'espoir
De vous toucher le cœur d'un amour tendre,
Si j'avais été fou, j'aurais passé
Des nuits de flamme sous votre balcon,
Troublant de sérénades tous vos songes,
Je n'aurais pas vécu caché, j'aurais
Voulu que vous m'aperceviez sans cesse,
Si j'avais été fou, je n'aurais pas
Souffert, muet…

DONA ANNA.

Vous êtes donc muet
Ainsi ?

DON JUAN.

Dona Anna, c'est le hasard,
Le pur hasard, qui m'a poussé. Jamais
Vous n'auriez su mon secret de souffrance…

DONA ANNA.

Et vous m'aimez ainsi depuis longtemps ?

DON JUAN.

Longtemps ou pas, je n'en sais rien moi-même,
Mais si je sais la valeur de la vie,
Ce bref instant, c'est depuis lors, c'est là
Que j'ai compris le sens du mot *bonheur*.

DONA ANNA.

Allez-vous-en, vous êtes dangereux.

DON JUAN.
Moi ? Dangereux ?

DONA ANNA.
J'ai peur de vous entendre.

DON JUAN.
Je me tairai ; mais, vous, ne chassez point
Celui pour qui vous voir est une joie.
Je ne nourris nul espoir téméraire,
Je ne demande rien, et, cependant,
Je dois vous voir si je suis condamné
A vivre.

DONA ANNA.
Allez. – Ce lieu ne convient pas
A vos discours, à ces folies. Demain,
Venez chez moi. Je puis, si vous jurez
De garder ce respect dans la conduite,
Vous recevoir ; mais venez tard, le soir ; –
Depuis que je suis veuve, je ne vois
Jamais personne.

DON JUAN.
Ange Dona Anna !
Dieu vous console des consolations
Que vous offrez à un pauvre martyr.

DONA ANNA.
Partez, enfin.

DON JUAN.
Encore une minute.

DONA ANNA.
Ou non, je pars moi-même… La prière
Me fuit, du reste. Vous m'avez distraite
Par vos discours mondains. Depuis longtemps,
Longtemps, je n'y suis plus accoutumée.
Venez chez moi demain.

DON JUAN.
Je n'ose y croire !
Je n'ose me livrer à mon bonheur…
Je vous verrai demain ! – et pas ici,
Pas en cachette !

DONA ANNA.
Oui, demain, demain.
Mais, votre nom ?

DON JUAN.
Diego de Calvado.

DONA ANNA.
Adieu donc, Don Diego.

*Elle sort.*

DON JUAN.
Leporello !

LEPORELLO.
Que voulez-vous ?

DON JUAN.
Mon bon Leporello,
Je suis heureux !… "Demain… mais tard, le soir…"

Leporello, demain – prépare-moi…
Je suis heureux comme un enfant !

LEPORELLO.

Avec
Dona Anna que vous parliez ? Peut-être
Qu'elle vous aura dit deux mots gentils,
Ou vous l'aurez bénie, si ça se trouve.

DON JUAN.
Non, Leporello, non ! Un rendez-vous,
Elle a fixé un rendez-vous !

LEPORELLO.

Vraiment ?
Voilà les veuves, tiens !

DON JUAN.

Je suis heureux !
J'embrasserais le monde entier, je chante !

LEPORELLO.
Bon, mais, le commandeur ? qu'en dira-t-il ?

DON JUAN.
Tu t'imagines qu'il sera jaloux !
Sans doute pas ; notre homme est raisonnable,
Il a dû s'adoucir depuis sa mort.

LEPORELLO.
Pas trop ; levez les yeux vers sa statue.

DON JUAN.
Eh bien ?

LEPORELLO.

Ses yeux à elle, ils vous regardent,
Et m'ont l'air très fâchés.

DON JUAN.

Leporello,
Va la trouver, invite-la chez moi –
Non – chez Dona Anna, plutôt, – demain.

LEPORELLO.

Inviter la statue ? Et pour quoi faire ?

DON JUAN.

Pas pour un entretien, évidemment –
Prie la statue de bien vouloir venir
Demain, le soir, tard, chez Dona Anna,
Monter la garde à sa porte.

LEPORELLO.

Très drôle,
Mais devant qui ?

DON JUAN.

Va la trouver.

LEPORELLO.

Mais…

DON JUAN.

Va.

LEPORELLO.

Très magnifique et glorieuse statue,
Don Juan, mon maître, vous prie humblement

De bien vouloir… Sérieux, je ne peux pas,
J'ai peur.

DON JUAN.
Froussard ! que je te !…

LEPORELLO.
Permettez.
Don Juan, mon maître, vous prie de venir
Demain, mais tard le soir, chez votre épouse
Et de monter la garde…

*La statue hoche la tête en signe d'accord.*

Aïe !

DON JUAN.
Quoi ?

LEPORELLO.
Aïe, aïe !
Aïe, aïe… Je meurs !

DON JUAN.
Mais que t'arrive-t-il ?

LEPORELLO *(hochant la tête)*.
La statue… aïe !

DON JUAN.
Tu t'inclines ?

LEPORELLO.
Pas moi,
Non, elle, non !

DON JUAN.

Tu dis de ces sornettes !

LEPORELLO.

Voyez vous-même.

DON JUAN.

Eh bien, j'y vais, butor.

*(A la statue.)*

Moi, commandeur, je t'invite à venir
Chez ta veuve, où, demain, j'ai rendez-vous,
Pour y monter la garde. Viendras-tu ?

*La statue hoche à nouveau la tête.*

O Dieu !

LEPORELLO.

Alors ? je vous disais…

DON JUAN.

Sortons.

## SCÈNE IV

*La chambre de Dona Anna.*

*Don Juan et Dona Anna.*

DONA ANNA.

Je vous reçois, Don Diego, et pourtant
J'ai peur : mon entretien mélancolique

Vous ennuiera ; sans cesse, pauvre veuve,
Je repense à ma perte. Je mélange
Le sourire et les larmes, comme avril.
Vous vous taisez ?

DON JUAN.

Je m'enivre en silence,
Profondément, à l'idée d'être seul
Avec Dona Anna ; ici – non plus
Là-bas, sur le tombeau du mort heureux –
Et je ne vous vois plus agenouillée
Devant l'époux de marbre.

DONA ANNA.

Don Diego,
Vous êtes donc jaloux. – Même outre-tombe,
Mon mari vous torture ?

DON JUAN.

A tort, je sais.
Il fut élu par vous.

DONA ANNA.

Oh non, ma mère
Me contraignit à prendre Don Alvar,
Don Alvar était riche, et nous, très pauvres.

DON JUAN.

Heureux, lui qui offrit ses vains trésors
A sa déesse, il sut goûter sur terre
Les plaisirs édéniques ! Vous aurais-je
Connue plus tôt, avec quel enthousiasme
Aurais-je tout donné, titre, fortune,

Tout, pour un seul regard de bienveillance ;
Esclave de vos volontés sacrées,
J'aurais appris à suivre vos caprices
Jusqu'à les devancer et votre vie
Aurait pu n'être que merveille pure.
Las ! – Le destin me voulut autre chose.

DONA ANNA.
Cessez, Diego ; vous écouter, déjà
Est un péché. Je ne puis vous aimer,
Veuve, je dois ma foi même à sa tombe. –
Si vous saviez l'amour que Don Alvar
Avait pour moi ! O, Don Alvar jamais
N'aurait reçu de dame énamourée
S'il était resté veuf. – On l'aurait vu
Toujours fidèle à l'amour conjugal.

DON JUAN.
Dona Anna, ne me torturez pas
En me parlant toujours de votre époux.
Ce châtiment m'épuise, et, cependant,
J'en mérite un, peut-être.

DONA ANNA.
Qu'est-ce à dire ?
Vous n'êtes pas encor, envers quiconque,
Lié de liens sacrés. – Si vous m'aimez,
Vous êtes pur devant moi et le Ciel.

DON JUAN.
Pur, devant vous ! Dieu !

DONA ANNA.
Etes-vous coupable
De quelque chose ? Qu'est-ce ? dites.

DON JUAN.

Non !

Jamais !

DONA ANNA.

Diego, que signifie ? Vous êtes
Impur à mon égard ? En quoi ? mais dites.

DON JUAN.

Plutôt mourir.

DONA ANNA.

Diego, c'en est étrange.
Je le demande, je l'exige.

DON JUAN.

Non.

DONA ANNA.

Ah ! c'est ainsi que vous m'obéissez !
Et que me disiez-vous à l'instant même ?
Vous demandiez à être mon esclave.
Faut-il que je me fâche ? répondez,
Diego, de quoi vous dites-vous coupable ?

DON JUAN.

Je n'ose pas. Vous allez me haïr.

DONA ANNA.

Non, non, je vous pardonne par avance,
Mais je désire…

DON JUAN.

Ne désirez pas,
C'est un secret terrible et meurtrier.

DONA ANNA.
Terrible ! c'est me mettre à la torture.
Je suis folle curieuse – qu'y a-t-il ?
Comment auriez-vous pu me faire offense ?
Je vous rencontre à peine – d'ennemis,
Je n'en ai pas. Le seul est l'assassin
De mon mari.

DON JUAN *(à part)*.
Le dénouement approche !
Répondez-moi : vous ne connaissez pas
L'infortuné Don Juan ?

DONA ANNA.
Bien sûr que non,
Je ne l'ai jamais vu.

DON JUAN.
Lui portez-vous
De la haine ?

DONA ANNA.
L'honneur me le commande.
Pourtant, vous essayez de me distraire
De ma question. Répondez, Don Diego –
J'exige…

DON JUAN.
S'il vous arrivait un jour
De rencontrer Don Juan ?

DONA ANNA.
Je planterais
Un poignard dans le cœur du monstre.

DON JUAN.

Anna,

Prends ton poignard ; voici mon sein.

DONA ANNA.

Diego !

DON JUAN.

Je ne suis pas Diego, mon nom est Juan.

DONA ANNA.

O Dieu ! je n'y crois pas, c'est impossible.

DON JUAN.

Je suis Don Juan.

DONA ANNA.

C'est un mensonge.

DON JUAN.

J'ai

Tué ton mari ; je ne regrette rien
Du tout – je n'ai pas l'ombre d'un remords.

DONA ANNA.

Qu'entends-je ? non, oh non, c'est impossible.

DON JUAN.

Je suis Don Juan, et c'est Don Juan qui t'aime.

DONA ANNA *(tombant)*.

Où suis-je ?... où suis-je ? ah, je défaille...

DON JUAN.

Ciel !

Qu'y a-t-il ? Tu vas bien, Dona Anna ?
Debout, debout, c'est moi, moi, à tes pieds,
C'est Diego, ton esclave.

DONA ANNA.

Laisse-moi !
*(D'une voix faible.)*
Tu es mon ennemi – tu m'as ôté
Tout ce qui dans ma vie…

DON JUAN.

Mon bel amour !
Je ferais tout pour racheter mon acte,
Vois, à tes pieds, je n'attends plus qu'un ordre,
Parle – et je meurs ; parle – et je ne respire
Plus que pour toi…

DONA ANNA.

Ainsi donc, c'est Don Juan…

DON JUAN.
On vous l'aura décrit comme un démon,
Un monstre, n'est-ce pas. – Dona Anna,
La rumeur n'a peut-être pas eu tort,
Nombre de vilenies pèsent peut-être
Sur sa conscience lasse. Oui, j'ai été
Un disciple soumis de la débauche,
Mais de l'instant où je vous ai connue,
J'ai l'impression d'être régénéré.
En vous aimant, j'aime aussi la vertu,
Et, humblement, pour la première fois,
Tremblant, je m'agenouille devant elle.

DONA ANNA.
Don Juan est éloquent – oh, je le sais,
On me l'a dit ; un tentateur rusé,
On dit de vous un débaucheur impie,

Un vrai démon. Combien de pauvres femmes
Avez-vous donc perdues ?

DON JUAN.

Jusqu'à présent,
Je n'ai jamais aimé.

DONA ANNA.

Et j'irais croire
Que vous aimez pour la première fois,
Que vous ne cherchez pas de proie nouvelle ?

DON JUAN.
Si j'avais le désir de vous tromper,
Aurais-je fait l'aveu et dit ce nom,
Le seul que vous ne puissiez pas entendre ?
Où voyez-vous le plan, la perfidie ?

DONA ANNA.
Qui pourrait lire en vous ? – Mais vous, venir,
Ici ; ici, on peut vous reconnaître,
Et votre mort serait inévitable.

DON JUAN.
La mort n'est rien ; ce doux moment ensemble
Vaut, sans regret, toute ma vie.

DONA ANNA.

Comment
Sortirez-vous, imprudent que vous êtes ?

DON JUAN.
Vous vous souciez à ce point de la vie
Du malheureux Don Juan ? Dona Anna,
Ton âme d'ange ignore donc la haine ?

DONA ANNA.
Moi, vous haïr ! ah, si je le pouvais !
Pourtant, il faut que nous nous séparions.

DON JUAN.
Quand nous reverrons-nous ?

DONA ANNA.
Je ne sais pas.
Un jour.

DON JUAN.
Demain, peut-être ?

DONA ANNA.
Où donc ?

DON JUAN.
Ici.

DONA ANNA.
Don Juan, ah j'ai le cœur si faible.

DON JUAN.
Un seul
Baiser de paix et de pardon…

DONA ANNA.
Assez,
Va-t'en.

DON JUAN.
Un seul, paisible, sans chaleur…

DONA ANNA.
Que tu sais insister ! mais tiens, voilà.
Qui frappe ici ?… oh, cache-toi, Don Juan.

DON JUAN.
Adieu donc, au revoir, mon bel amour.

*Il sort et revient en courant.*

Ah !

DONA ANNA.
Tu ?... Ah !...

*Entre la statue du commandeur.*
*Dona Anna tombe.*

LA STATUE.
Je parais à ta demande.

DON JUAN.
O Dieu ! Dona Anna !

LA STATUE.
Renonce à elle.
Tout est fini. Don Juan, tu trembles.

DON JUAN.
Moi ?
Je t'avais invité, je suis content.

LA STATUE.
Ta main.

DON JUAN.
Tiens, la voilà... oh, qu'elle est lourde,
Cette dextre de pierre qui me prend !
Libère-moi, laisse – laisse ma main...
Je meurs – tout est fini – Dona Anna !

*Ils s'engloutissent.*

# LE FESTIN
# PENDANT LA PESTE

extrait de la tragédie de Wilson
*The City of the Plague*

*Une rue. Une table dressée. Quelques hommes et femmes qui festoient.*

UN JEUNE HOMME.

Monsieur le président ! j'évoquerai
Cet homme que nous connaissions si bien,
Dont les récits plaisants, les facéties,
Les répliques mordantes, les remarques
Acerbes dans leur gravité comique
Faisaient l'animation de notre table
Et dissipaient la nuit dont désormais
L'épidémie, notre nouveau convive,
Recouvre les esprits les plus brillants.
Voici deux jours, le rire général
Saluait ses récits ; est-il possible
Que, brusquement, notre fête joyeuse
Ait oublié Jackson ? Son siège est vide,
On aimerait se dire qu'il attend
Son boute-en-train – mais, lui, il est parti
Vers les demeures froides, souterraines…
Quoique la langue la plus éloquente
Sonne toujours dans la nuit de la tombe,

Nous restons là, nombreux, encore en vie,
Et n'avons pas de raison d'être sombres.
J'appelle donc à boire en sa mémoire,
Choquant, d'un cri joyeux, nos coupes, comme
S'il était parmi nous.

LE PRÉSIDENT.
C'est le premier
De nous qui part. Buvons en son honneur,
Mais en silence.

LE JEUNE HOMME.
Qu'il en soit ainsi.

*Ils boivent tous en silence.*

LE PRÉSIDENT.
Ta voix, Mary, rend nos chansons natales
Avec une farouche perfection.
Chante-nous un chant sombre et lancinant
Pour que nous revenions ensuite aux rires
Avec plus de folie, comme cet homme
Qu'une vision a ravi de la terre.

MARY *(elle chante).*
Notre ville était prospère
Dans l'aisance et dans la paix ;
Dans l'église de nos pères
Les fidèles s'assemblaient ;
Notre école était bruyante,
Les enfants jouaient en chœur,
Nos récoltes, abondantes,
Gais, les chants des moissonneurs.

Nous avons fermé l'école,
Notre église est désertée,
Dans le blé croît l'herbe folle,
Les forêts se sont vidées.
Nos foyers sont des chaumières
Ravagées par l'incendie, –
Tout se tait. Le cimetière
Seul s'agite et retentit.

Tous les jours des morts arrivent
Et les plaintes des vivants
Prient le Ciel à voix craintives
Qu'il apaise leurs tourments.
Il faut faire de la place
Tous les jours et les tombeaux
S'agglutinent et se tassent,
Affolés comme un troupeau.

Si demain la pestilence
Vient frapper notre printemps –
Toi qui fus ma joie, ma chance,
Toi, celui que j'aimais tant, –
Je t'implore, fuis la fièvre
Qui me rongera le cœur,
Ne m'embrasse pas les lèvres,
Suis de loin mes fossoyeurs.

Et va-t'en ! Que Dieu te mène
Loin, très loin, où tu pourrais
Soulager un peu ta peine
Dans l'oubli et dans la paix.

Ne retourne vers mes cendres
Qu'à la fin de ce fléau ;
Je saurai toujours t'attendre ;
Nous vivrons liés là-haut.

LE PRÉSIDENT.
Merci à toi dans ta mélancolie,
Mary, pour ta chanson compassionnée !
Ainsi, jadis, sans doute, une autre peste
Tomba sur nos vallées et nos collines,
Et des pleurs pitoyables résonnèrent
Au bord de ces courants, de ces ruisseaux
Qui, aujourd'hui, riants, paisibles, lavent
Ce paradis farouche, ta patrie ;
Et cette année de larmes qui faucha
Tant de victimes braves, belles, bonnes
Aura laissé à peine un souvenir
Dans la chanson naïve d'un berger,
Méditative et douce... Rien, jamais,
Ne nous attriste autant dans une fête
Que l'écho dans le cœur d'un son dolent !

MARY.
Si j'avais pu ne chanter ces chansons
Que sous le pauvre toit de mes parents !
Ils aimaient écouter mes mélodies ;
J'ai l'impression que je m'entends moi-même,
Ma voix résonne sur le seuil natal –
Elle sonnait plus tendre alors – c'était
La voix de l'innocence.

LOUISE.

Ils sont passés
De mode, ces couplets ! Mais quoi, on voit
Toujours des cœurs naïfs : heureux de fondre
Aux larmes d'une femme et de les croire
Aveuglément. Faut-il qu'elle imagine
Son regard larmoyant irrésistible !
Si elle avait l'idée que c'est son rire,
C'est son sourire qu'elle afficherait.
Walsingham fait l'éloge des criardes
Beautés nordiques : la voilà qui geint.
Je hais le jaune des cheveux d'Ecosse.

LE PRÉSIDENT.
Ecoutez tous : j'entends le bruit des roues !

*Passe une charrette chargée de cadavres. Un nègre la conduit.*

Tiens ! Louise se sent mal ; moi, à sa langue,
J'imaginais qu'elle avait un cœur d'homme.
Non – le cruel est moins fort que le tendre
Et la passion n'empêche pas la peur !
Mary, de l'eau sur sa figure. Ça va mieux.

MARY.
Ma sœur de honte et de tristesse, viens,
Repose-toi sur mon sein.

LOUISE *(reprenant ses esprits).*

J'ai rêvé
D'un démon effrayant ; noir, les yeux blancs...
Il m'appelait dans sa charrette. Là,

Des morts étaient couchés – ils marmonnaient
Une langue effrayante et inconnue…
Dites-le-moi : était-ce bien un rêve ?
Une charrette est bien passée ?

UN JEUNE HOMME.

Allons,
Louise, un peu plus d'entrain – quoique la rue
Soit notre abri muet contre la mort,
L'asile des festins imperturbables,
Tu le sais bien, cette charrette noire
A le droit de passer où bon lui semble –
Et nous devons le lui permettre ! Ecoute,
Toi, Walsingham : pour couper les querelles
Et les effets des pâmoisons, une autre
Chanson – une chanson vivante, libre –,
Née, cette fois, loin des brumes d'Ecosse,
Oui, un chant de tempête, un chant bachique
Qui soit l'écho des coupes écumantes.

LE PRÉSIDENT.
Je n'en connais aucun, mais je veux bien
Chanter un hymne en l'honneur de la peste
Que j'ai fait l'autre nuit, après nos fêtes.
Jamais encor je n'avais été pris
Par cette envie bizarre de rimer.
Eh bien, écoutez-moi : j'ai la voix rauque
Mais elle est accordée à ma chanson. –

DE NOMBREUSES VOIX.
Un hymne pour la peste ! écoutons-le !
Un hymne en son honneur ! bravo ! bravo !

LE PRÉSIDENT *(il chante)*.

Lorsque Sa Majesté l'Hiver
Conduit sur nous les flots de fer
De ses armées, de ses tempêtes,
Ses vents, ses neiges, ses grands froids, –
Le feu dans l'âtre et notre fête
Brûlent d'un même élan de joie.

*

La Peste, une autre Majesté,
Vient aujourd'hui, elle est flattée
Que sa moisson s'annonce belle ;
Elle erre et rage et, nuit et jour,
Frappe aux carreaux à coups de pelle...
Que faire ? où trouver du secours ?

*

Comme aux assauts du vieil Hiver,
Fermons la porte à son enfer,
Buvons, jouons, levons nos rires ;
Noyons la peur et la raison,
Chantons la Peste et son empire
Et le festin qui lui répond.

*

On sait l'ivresse du combat,
Du gouffre ouvert à chaque pas,
De l'océan inexorable ;
Les vagues crient, la nuit flamboie
Et l'ouragan lève le sable –
La Peste apporte aussi sa joie.

*

Tout ce qui porte en soi la mort
Contient pour l'âme et pour le corps
Des voluptés incandescentes,
Des gages d'immortalité
– Qui sait ? – Heureux, dans la tourmente,
Qui sut les voir et les goûter.

*

Ainsi, ô Peste, gloire à toi !
Nous répondons sans nul effroi
A ton appel et à ta fièvre –
Nous festoyons sans nous leurrer,
Cueillant la rose rouge aux lèvres
– Qui sait ? – déjà pestiférées.

*Entre un vieux prêtre.*

LE PRÊTRE.
Banquet impie, impies et pauvres fous !
Votre festin et vos chants de débauche
Insultent le silence ténébreux
Que le trépas répand sur notre ville !
Parmi l'horreur, le deuil des funérailles,
Les fronts pâlis, je prie au cimetière,
Et votre haïssable exaltation,
Troublant le froid repos des tombes, fait
Trembler la terre même sur les morts.
Si les vieillards, les femmes en prière
N'illuminaient cette fosse commune,
Je me dirais que ce sont des démons
Qui, en riant, traînent l'âme perdue
D'un homme impie vers le gouffre nocturne.

QUELQUES VOIX.
Avec quel art il parle de l'Enfer !
Va-t'en, vieillard ! Va, passe ton chemin !

LE PRÊTRE.
Je vous adjure par le sang sacré
De Jésus-Christ qui a subi la croix :
Cessez ce monstrueux festin, pour peu
Que vous cherchiez à retrouver au Ciel
L'âme de ceux que vous avez perdus –
Rentrez dans vos foyers !

LE PRÉSIDENT.
Ils sont sinistres,
Mon père, et la jeunesse aime la joie.

LE PRÊTRE.
Est-ce toi, Walsingham ? oui, toi, le même
Qui fus, voici vingt jours, agenouillé,
Et serrais dans tes bras ta mère morte,
Hurlant et sanglotant sur son tombeau ?
Ou penses-tu qu'elle ne pleure pas,
Ne pleure pas, aux cieux, à chaudes larmes,
En regardant les festins de son fils,
Ses festins de débauche, en l'écoutant
Chanter ses chants de frénésie parmi
Les lourds sanglots et les prières saintes ?
Viens et suis-moi !

LE PRÉSIDENT.
Pourquoi viens-tu troubler
Mon âme ici ? Je ne peux pas te suivre,
Je ne dois pas. Ici, tout me retient,

Le désespoir, le souvenir atroce,
Et mon rejet conscient de toute loi
Et l'épouvante du silence mort
Que je trouve chez moi quand j'y retourne, –
Et puis, ces joies nouvelles, frénétiques,
Le poison bienfaisant de cette coupe,
Et les caresses (Dieu me les pardonne)
D'un être condamné, – de mon amour…
Non, l'ombre de ma mère ne peut plus
M'appeler hors d'ici, j'entends ta voix,
Mais c'est trop tard, – je reconnais ton zèle
A me sauver… vieillard ! va-t'en en paix ;
Mais que soit maudit celui qui te suivra !

DE NOMBREUX CONVIVES.
*Bravo ! bravo !* le digne président !
Un prêche pour ton prêche ! pars ! assez !

LE PRÊTRE.
C'est l'âme de Mathilde qui t'appelle !

LE PRÉSIDENT *(se levant).*
Toi, lève au ciel ta vieille main flétrie
Et jure de laisser à son tombeau
Ce nom qui plus jamais ne parlera !
Oh, que je puisse à ses yeux immortels,
Moi, cacher ce spectacle ! Elle avait cru
Que j'étais pur, et fier, que j'étais libre,
Et dans mes bras trouvait le paradis…
Où suis-je ? Sainte enfant de la lumière !
Je te vois là où mon âme déchue
Est désormais bannie…

UNE VOIX DE FEMME.

Il devient fou, –
C'est sur sa femme morte qu'il délire !

LE PRÊTRE.

Suis-moi, suis-moi…

LE PRÉSIDENT.

Mon père, au nom du Ciel,
Laissez-moi seul !

LE PRÊTRE.

Dieu ait pitié de toi !
Adieu, mon fils.

*Il sort. Le festin se poursuit. Le président reste plongé dans une songerie profonde.*

# *II*

# *AUTRES PIÈCES COURTES*

# UNE SCÈNE DU *FAUST*

*Au bord de la mer.*

*Faust et Méphistophélès.*

FAUST.
Je m'ennuie, démon...

MÉPHISTOPHÉLÈS.
Faust, qu'y faire ?
Vous vivez tous dans sa prison.
C'est lui qui dicte ses frontières
A l'être doué de raison :
L'un croit, l'autre a cessé de croire,
Soit par loisir, soit sans loisirs,
L'un ne peut suivre les plaisirs,
L'autre en supporte les déboires –
Ils bâillent tous, et sont vivants
Et le tombeau bâille et attend.
Donc, bâille aussi.

FAUST.
Méchante bête !
Invente-moi ce que tu veux
Pour me distraire.

MÉPHISTOPHÉLÈS.

Sois heureux
De ce que la raison décrète.
Inscris ce mot sur tes tablettes :
*Fastidium est quies* – l'ennui
Est le repos de l'âme. Et puis,
Je te regarde en psychologue :
Dis-moi, quand n'as-tu pas connu
L'ennui ? Tu crois tomber des nues ?
Quand tu dormais sur tes églogues
Et que le fouet t'ouvrait l'esprit ?
Ou bien les soirs de beuveries,
Avec les filles bien disposes
Dont tu ornais le front de roses
En leur consacrant ta furie ?
Ou dans tes rêves magnanimes,
Quand tu plongeas dans cet abîme
Tumultueux qu'est le savoir ?
Tu t'ennuyais si bien qu'un soir
Tu m'invoquas, je me rappelle,
Du feu, comme un polichinelle.
Moi, j'essayais de t'égayer,
Je m'échinais comme un beau diable,
Je t'emmenais chez les sorciers,
Dans les sabbats… C'est pitoyable.
Tu voulais la gloire ? Tu l'as.
Etre amoureux ? Eh bien, voilà.
Tu as conquis toute conquête.
Mais étais-tu heureux ?

FAUST.

Arrête,
N'attise pas ma plaie secrète.

Dans le savoir – aucune vie.
Maudit soit son brillant mensonge.
La gloire… son rayon fortuit,
Insaisissable, est comme un songe…
L'honneur terrestre est vain… Pourtant,
Le bien existe quand deux âmes
Unies…

MÉPHISTOPHÉLÈS.

… Et les premières flammes
Au clair de lune ?… C'est touchant…
On peut savoir à qui tu penses ?
Gretchen, peut-être ?

FAUST.

O, rêve intense !
O, pures flammes de l'amour !
Là, dans l'ombre où les feuilles bruissent,
Où les rideaux du vent frémissent,
Là, reposant mes songes lourds
Sur le sein de celle que j'aime,
J'étais heureux…

MÉPHISTOPHÉLÈS.

O, Dieu suprême,
Mais tu délires, j'ai bien peur !
Tu penses te berner toi-même
Avec ce souvenir flatteur.
C'est moi, au prix de ma sueur,
Qui te fournis ta rose pure,
Et dans la nuit la plus obscure
Vous fis vous rencontrer… Alors,
Jouissant du fruit de mes efforts,

Je m'amusais, moi, solitaire,
Tandis que vous jouiez à deux.
Mais quand ta belle était aux cieux,
En pleine extase, toi – que faire ? –
Ton âme inquiète avait versé
Dans son ornière, la pensée
(Or, tu le sais, nous le prouvâmes :
C'est la pensée qui fait l'ennui).
Et, cher penseur, puis-je aujourd'hui
Te dire à quoi pensait ton âme
Quand nul ne pense plus à rien ?
Je te le dis ?

FAUST.

J'écoute. Eh bien ?

MÉPHISTOPHÉLÈS.

Tu pensais : mon agneau docile !
Qu'avidement je te voulais,
De quelles ruses je troublais
Les rêves de ton cœur fragile !...
Tu m'as donné ta pure foi,
Oui, sans calcul et malgré toi...
Et moi, mon cœur brûle et se froisse,
Rongé d'ennui, de sourde angoisse...
Je suis repu et je te vois,
Et mon dégoût de toi me glace ;
Ainsi, le rustre imprévoyant
Part en forêt commettre un crime,
Mais il ne trouve qu'un mendiant
A égorger, en l'injuriant,
Crachant au corps de sa victime ;
Ainsi, hâtivement repue,

La débauche lorgne avec crainte
Une beauté qui s'est vendue…
Puis, à l'issue de ces étreintes,
Tu as bientôt conclu, mon cher…

FAUST.
Tais-toi, engeance de l'Enfer !
Hors de ma vue !

MÉPHISTOPHÉLÈS.
Si tu te fâches,
Je pars. Mais donne-moi ma tâche.
Sans rien à faire, tu sais bien,
Hors de question que je te quitte :
Je ne perds pas mon temps pour rien.

FAUST.
Là-bas, la voile blanche ?… Vite !

MÉPHISTOPHÉLÈS.
C'est un trois-mâts, un espagnol,
Prêt à atteindre la Hollande,
Avec ses quatre cents guignols,
Ses deux singes de contrebande,
Son chocolat, son or maudit
Et la nouvelle maladie,
Notre dernier cadeau de mode…

FAUST.
Que tout soit englouti.

MÉPHISTOPHÉLÈS.
J'y vais.

*Il disparaît.*

*1825.*

# LA SIRÈNE

*Le bord du Dniepr. Le moulin.*

*Le meunier, sa fille.*

LE MEUNIER.
Ah, vous, les filles, c'est toujours pareil,
Pas très futées. Si vous avez la chance
De dénicher un bon parti, un noble,
Il faut lui mettre le grappin dessus.
Comment ? soyez honnête et raisonnable,
Jouez de la carotte et du bâton ;
Parfois, jamais de front, sans insister,
Parlez-lui du mariage, mais – surtout,
Veillez sur votre honneur de jeune fille –
Trésor inestimable – votre honneur,
C'est comme un mot – une fois dit, c'est dit.
Et s'il n'y a plus d'espoir pour le mariage,
Eh bien, il y a toujours moyen, quand même,
De se prendre un profit – ou quelque chose
D'utile à ses parents ; il faut se dire :
“Ce n'est pas pour toujours qu'il m'aimera,
Me fera des cadeaux.” – Tu parles ! vous,

Penser à quelque chose ? tout de suite,
Vous, vous perdez la tête ; c'est gratis
Que vous obéissez à ses lubies ;
Vous resteriez du soir jusqu'à l'aurore
Au cou de votre ami, – mais, cet ami,
D'un coup, hop, il s'en va ; plus trace et vous
Restez sans rien. Eh non, pas très futées !
Je te l'ai dit cent fois : ma fille, gare ;
Sois un peu plus futée, ne laisse pas
Filer ta chance, garde-toi le prince,
Et ne va pas te perdre par bêtise. –
Et aujourd'hui ?... Tu peux toujours pleurer
Ce que tu as perdu.

LA FILLE.

Et pourquoi donc
Dis-tu qu'il m'a abandonnée ?

LE MEUNIER.

Pourquoi ?
Avant, combien de jours dans la semaine
Venait-il au moulin ? mais tous les jours
Et quelquefois même deux fois par jour
Et puis nous l'avons vu venir de moins
En moins souvent, et, là, ça fait huit jours
Qu'on ne l'a plus revu. Tu réponds quoi ?

LA FILLE.

C'est qu'il est pris ; il est très occupé ;
Il n'est pas un meunier, lui, pour que l'eau
Trime à sa place. Il dit que son travail
Est le travail le plus pénible au monde.

LE MEUNIER.
C'est ça, crois-le. Quand les princes travaillent,
C'est du travail ? courir renards et lièvres,
Et festoyer, et piller leurs voisins,
Et vous embobiner, les pauvres gourdes.
Il travaille tout seul, je vais le plaindre !
Moi, l'eau trime à ma place !... et moi, je veille
De l'aube à la nuit noire, sans repos,
Toujours à réparer ici ou là :
Du bois pourri, des fuites. – Tiens, ton prince,
Tu aurais su lui prendre un peu de sous
Pour le moulin, ça aurait pu servir.

LA FILLE.
Ah !

LE MEUNIER.
Qu'y a-t-il ?

LA FILLE.
Chut ! J'entends le galop
De son cheval... C'est lui, c'est lui !

LE MEUNIER.
Ma fille,
N'oublie pas mes conseils, souviens-toi bien...

LA FILLE.
Le voilà, le voilà !

*Entre le prince. Un écuyer remmène son cheval.*

LE PRINCE.
Ma bonne amie,
Bonjour, bonjour, meunier.

LE MEUNIER.

Mon bon seigneur,
La bienvenue à vous. Depuis longtemps,
Nous n'avions plus la joie de te revoir.
Je vais te préparer de quoi manger.

*Il sort.*

LA FILLE.
Enfin, enfin, tu te souviens de moi !
Tu n'as pas honte de me tourmenter
Par cette attente vaine, impitoyable ?
Sais-tu ce que j'ai pu m'imaginer ?
Quelles frayeurs ne venaient m'assaillir ?
Tantôt, c'est ton cheval qui te jetait
Dans un marais, dans un gouffre ; tantôt
C'était un ours dans la forêt sauvage
Qui te tuait, ou tu étais malade,
Ou tu ne m'aimais plus, mais, grâce à Dieu,
Tu es là, sain et sauf et, vrai, tu m'aimes
Toujours autant ?

LE PRINCE.

Toujours autant, mon ange.
Non, plus encore.

L'AMANTE.

Et malgré ça, tu es
Triste : qu'as-tu ? parle.

LE PRINCE.

Moi, je suis triste ?
Non, c'est une impression. – Je me sens gai
Toujours quand nous sommes ensemble.

ELLE.

Non.

Quand tu es gai, tu m'aperçois de loin,
Tu cours et tu m'appelles : ma colombe,
Que fait-elle, où est-elle ? et tu m'embrasses,
Tu me demandes si je suis contente
Et si je t'attendais si tôt – et là –
Je parle et tu m'écoutes sans rien dire,
Plus de baisers, plus de caresses, rien,
Quelque chose t'inquiète. Quoi ? dis-le.
Ou c'est à moi que tu en veux peut-être ?

LE PRINCE.
Je ne veux pas le feindre davantage.
Tu as raison : je porte au fond du cœur
Une lourde tristesse – et tu ne peux
Ni l'effacer de tes baisers d'amour,
Ni l'alléger, ni même y prendre part.

ELLE.
Ma peine est de ne pas avoir ta peine
A partager – confie-moi ton secret.
Si tu veux bien, je pleurerai ; sinon –
Pas un soupir ne viendra t'agacer.

LE PRINCE.
Pourquoi tarder ? mieux vaut en finir vite.
Ma douce amie, tu sais qu'aucun bonheur
N'est durable ici-bas : ni la noblesse,
Ni la beauté, la force, la fortune
Ne peuvent échapper au sort commun.
Et toi et moi – c'est vrai, non ? ma colombe –
Avons été heureux ; pour moi, toujours,

Moi, ton amour, il me rendait heureux.
Et quoi que me réserve l'avenir,
Où que je sois, toujours, ma bonne amie,
Je penserai à toi ; ce que je perds,
Non, rien, jamais ne le remplacera.

ELLE.
Je ne vois pas encore à quoi tu penses,
Mais j'ai très peur. Le destin nous menace,
Il nous prépare un malheur que j'ignore,
Nous séparer, peut-être.

LE PRINCE.
Tu devines.
Le destin veut que nous nous séparions.

ELLE.
Qui peut nous séparer ? ne suis-je libre
De te suivre où je veux ? si je m'habille
Comme un garçon, je pourrai te servir
Fidèlement, en voyage, en campagne
Ou à la guerre – je n'en ai pas peur –,
Pourvu que je te voie. Je n'y crois pas,
Non, non. Ou bien tu me mets à l'épreuve
Ou tu me joues une mauvaise farce.

LE PRINCE.
Non, je n'ai pas la tête à plaisanter,
Je n'essaie pas de te mettre à l'épreuve,
Je ne pars pas pour un lointain voyage
Ni pour la guerre. – Non, je reste ici,
Mais je dois te quitter à tout jamais.

ELLE.
Attends, oui, maintenant, je comprends tout...
Tu te maries.

*Le prince garde le silence.*

Tu te maries !...

LE PRINCE.

Que faire ?
Toi aussi, réfléchis un peu. Les princes
Ne sont pas libres comme vous, les filles –
Ce n'est pas par amour qu'ils se marient,
C'est par raison, pour l'intérêt des autres.
Dieu et le temps consoleront ta peine.
Ne m'oublie pas ; accepte en souvenir
Ce ruban-ci – viens, que je te le mette.
Et puis, tiens, je t'apporte ce collier –
Prends-le. Ah oui, et ça : c'est pour ton père,
Je lui avais promis. Donne-lui ça.

*Il lui met dans la main une bourse d'or.*

Adieu.

ELLE.
Attends ; il faut que je te dise...
Mais j'oublie quoi...

LE PRINCE.

Rappelle-toi.

ELLE.

Pour toi,
Je ferais tout... ce n'est pas ça... Attends –

Tu ne peux pas, pour toujours, pour de vrai,
Me quitter comme ça… Toujours pas ça…
Ah si !… voilà, je me souviens : c'est ton enfant,
Il a bougé, ce matin, sous mon cœur.

LE PRINCE.
Malheureuse ! que faire ? au moins pour lui
Préserve-toi ; ni toi ni ton enfant
Je ne vous abandonnerai jamais.
Avec le temps, je reviendrai moi-même
Vous voir un jour. Allons, ne sois pas triste.
Que je t'embrasse une dernière fois.

*En sortant.*

Ouf ! c'est fini – un poids de moins sur l'âme.
J'attendais la tempête et c'est passé
Presque en douceur.

*Il sort. Elle reste immobile.*

LE MEUNIER *(entrant).*
Ne daignerez-vous pas
Entrer dans le moulin… bah, il est où ?
Dis-moi, où est le prince ?… Bah, bah, bah !
Oh, ce ruban ! tout en pierres précieuses !
Du feu, du vrai ! et le collier !… Ça, oui :
C'est un cadeau de roi. Le bienfaiteur !
Et ça ? c'est une bourse ! de l'argent ?
Pourquoi tu restes là sans rien répondre,
Sans me dire un seul mot ? ou c'est la joie,
Ou la surprise qui te rend muette,
Et ça te cloue sur place ?

LA FILLE.

Pas possible,
Je n'y crois pas. Moi qui l'aimais si fort.
Ou c'est un monstre ? Ou bien il a un cœur
De bête fauve ?

LE MEUNIER.

Tu dis ça pour qui ?

LA FILLE.

Père, dis-moi, comment ai-je pu faire
Pour le fâcher ? ou en huit jours à peine
Ma beauté s'est perdue ? ou c'est un philtre
Qu'on lui aura fait boire ?

LE MEUNIER.

Qu'y a-t-il ?

LA FILLE.

Père, il me quitte. Vois comme il galope ! –
Et moi, la folle, moi, je l'ai laissé,
Sans m'agripper aux pans de son manteau,
Sans me pendre à sa bride ! Il aurait dû,
Dans son dépit, lui, me trancher le bras
A coups d'épée, me faire piétiner
Par son cheval !

LE MEUNIER.

Tu délires !

LA FILLE.

Les princes
Ne sont pas libres comme nous, les filles,
Ce n'est pas par amour qu'ils se marient…

Mais ils sont libres de nous attirer,
De jurer, de pleurer et de nous dire :
Suis-moi dans mon palais, que je t'emmène
Dans mes chambres secrètes, je t'habille
De lourd brocart, de velours écarlate.
Ils sont libres d'apprendre aux jeunes filles
A se lever la nuit dès qu'ils les sifflent
Pour s'amuser jusqu'à l'aube du jour
Derrière le moulin. Ils se distraient
Leur cœur princier avec nos infortunes,
Et puis, bon vent, ma petite colombe,
Va où tu veux, aime qui ça te chante.

LE MEUNIER.
Ah, je comprends.

LA FILLE.
Notre séparatrice,
Qui est-ce, enfin, dis-moi ? J'irai la voir.
Je lui dirai, à la sorcière : laisse
Le prince, – on ne verra jamais deux louves
Dans le même ravin.

LE MEUNIER.
Mais, pauvre gourde !
Si le prince a choisi de se marier,
Qui peut l'en empêcher ? Eh bien, voilà,
Je te l'avais bien dit...

LA FILLE.
Et il a pu,
Comme un brave homme, en me disant adieu,
Me donner ces cadeaux – et quels cadeaux ! –

Et cet argent ! c'est pour se racheter
Qu'il a cherché à m'argenter la langue,
Pour éviter qu'une rumeur mauvaise
Ne parvienne à l'oreille de sa femme.
Ah, oui, tiens, j'oubliais – il me fait dire
Que, cet argent, il te le donne, à toi,
Pour te payer d'avoir été gentil,
D'avoir laissé sa fille être à sa botte,
D'avoir fermé les yeux… Ça te profite,
Que je me sois perdue.

*Elle lui donne la bourse.*

LE PÈRE.

Sur mes vieux jours !
Mon Dieu, entendre ça ! Tu n'as pas honte,
Moi, me reprocher ça, ton propre père.
Tu es le seul enfant que j'aie au monde,
La seule joie que j'aie dans ma vieillesse.
Evidemment que je t'ai trop gâtée.
Dieu m'a puni d'avoir été un père
Trop faible, aveugle à son devoir.

LA FILLE.

J'étouffe !
C'est un serpent glacé que j'ai au cou…
Oui, un serpent, un serpent, son collier,
Et pas des perles.

*Elle s'arrache le collier.*

LE MEUNIER.

Reprends-toi.

LA FILLE.

Voilà
Comment je te déchirerais, vipère
Maudite, toi qui nous sépares !

LE MEUNIER.

Tu
Délires, non, mais tu…

LA FILLE *(ôtant son ruban)*.

Tiens, ma couronne,
Ma couronne de noces, non, de honte !
C'est le Malin qui nous a couronnés
Quand j'ai renié tout ce qui m'était cher.
La noce est morte. – Au diable, ma couronne !

*Elle jette le ruban dans le Dniepr.*

Voilà, tout est fini.

*Elle se jette dans le fleuve.*

LE VIEILLARD *(tombant)*.

Malheur, malheur !

*Le palais du prince.*
*La noce. Les jeunes mariés sont assis à la table du banquet.*

*Convives. Chœur des jeunes filles.*

LE MARIEUR.
C'est un joli mariage qu'on a fait.
Allez, vive le prince et la princesse.

Dieu vous donne l'amour et la concorde
Et, nous, chez vous, de faire bonne chère.
Et quoi, les jolies filles, c'est fini ?
Et quoi, les cygnes blancs, on se repose ?
Ou, tous vos chants, vous les avez chantés ?
Ou de chanter on a la gorge sèche ?

LE CHŒUR.
Marieur, vieux marieur,
Vieux ballot de marieur !
En chemin chez la fiancée,
On a vu un potager,
Un tonneau de bière est tombé,
Tous les choux étaient trempés,
On a prié la barrière,
On a prié le talus :
Vieux talus, gentil talus,
Montre-nous le bon chemin
Pour aller chez la fiancée.
Marieur, devine,
Tâte un peu ta bourse,
L'argent remue dans ta bourse,
Il demande après les filles.

LE MARIEUR.
Taquines, va ! la chanson que voilà !
Tenez, prenez, grondez pas le marieur.

*Il donne de l'argent aux jeunes filles.*

UNE VOIX.
Sur les cailloux, sur le sable d'or jaune,
Courait une rivière vive,

Dans la rivière vive, deux truites,
Deux truites petites se parlent.
Connais-tu, truite sœur, les nouvelles,
Les nouvelles d'ici, des rivières ?
Hier au soir s'est noyée une belle,
Se noyant maudissait son ami.

LE MARIEUR.
Eh, les beautés ! cette chanson, c'est quoi ?
C'est pas une chanson de noce ; non.
Qui l'a choisie, la chanson ? hein ?

LES JEUNES FILLES.
Pas moi –
Pas moi – pas nous…

LE MARIEUR.
Mais qui l'a donc chantée ?

*Murmures et trouble chez les jeunes filles.*

LE PRINCE.
Je sais qui c'est.

*Il se lève de table et parle tout bas à son écuyer.*

Elle est cachée ici.
Fais-la sortir de suite. Et trouve-moi
Qui a osé la faire entrer.

*L'écuyer s'approche des jeunes filles.*
*Le prince s'assied, à part.*

Je sais
Qu'elle est capable de faire un scandale

Tel que, de honte, je ne saurai plus
Où me cacher.

L'ÉCUYER.
Je ne l'ai pas trouvée.

LE PRINCE.
Cherche. Elle est là. Cette chanson, c'est elle
Qui l'a chantée, je sais.

UN CONVIVE.
Ça, c'est du miel !
Et ça vous cogne à la tête et dans les jambes –
Mais c'est dommage, il est un peu amer :
Ça ferait pas de mal de l'adoucir.

*Les mariés s'embrassent. On entend un cri étouffé.*

LE PRINCE.
C'est elle ! c'est son cri jaloux.

*(A l'écuyer.)*

Alors ?

L'ÉCUYER.
Je ne l'ai pas trouvée, non.

LE PRINCE.
Imbécile.

LE TÉMOIN *(se levant)*.
Allez, confions la belle à son époux
Et jetons le houblon devant leur porte.

*Tout le monde se lève.*

LA MARIEUSE.
Je te crois que c'est l'heure. Offrez le coq.

*On sert le coq rôti aux jeunes mariés puis on parsème de houblon leurs cheveux et on les conduit à leur chambre.*

LA MARIEUSE.
Princesse, mon poussin, ne pleure pas,
Et n'aie pas peur, sois bien obéissante.

*On conduit les jeunes mariés à leur chambre, les convives se dispersent ; ne restent que le témoin et la marieuse.*

LE TÉMOIN.
Tiens, verse-moi du vin. Toute la nuit,
Je dois faire le guet sous leurs fenêtres,
Un remontant me fera pas de mal.

LA MARIEUSE *(lui versant une coupe de vin).*
Tiens, prends des forces.

LE TÉMOIN.
Ouf ! merci beaucoup.
Bon, tout s'est bien passé, j'ai l'impression ?
C'était un beau mariage.

LA MARIEUSE.
Grâce à Dieu,
Oui, tout est bien, – à part juste une chose.

LE TÉMOIN.
Quoi ?

LA MARIEUSE.

Leur chanson, c'était un mauvais signe,
C'est Dieu sait quoi, mais pas un chant de noce.

LE TÉMOIN.

Ah ces jeunesses, quoi, toujours à faire
Des mauvais tours. Quelle idée de venir
Exprès troubler le mariage du prince.
Allez, c'est l'heure de monter en selle.
Adieu, commère.

LA MARIEUSE.

Oh j'ai le cœur serré !
Le mariage, on l'a fait un mauvais jour.

*Le fond du Dniepr.*
*Le château des sirènes.*

*Les sirènes filent autour de leur reine.*

L'AÎNÉE DES SIRÈNES.

Sœurs, rangez vos quenouilles. C'est la nuit.
La lune luit sur nous, colonne blanche.
Remontez sous le ciel, allez jouer,
Mais, cette nuit, laissez les gens tranquilles :
J'interdis qu'on chatouille le passant,
Qu'on alourdisse d'algues et de vase
Le filet du pêcheur ou qu'on fascine
L'enfant poussé au fleuve par nos contes.

*Entre la petite sirène.*

Où étais-tu ?

LA FILLE.

J'étais sortie sur terre,
Chez le grand-père. Il me demande encore
De ramasser du fond de l'eau l'argent
Qu'un jour, je ne sais quand, il a jeté
A l'eau, chez nous. Je l'ai cherché pour lui ;
Mais, ce que c'est, l'argent, je ne sais pas.
Bon, j'ai quand même pu lui ressortir
Une poignée de coquillages jaunes.
Il était très content.

LA SIRÈNE.

Avare et fou !
Ecoute-moi, ma fille. Désormais,
Je mets tout mon espoir en toi. Un homme
Viendra sur notre bord. Toi, guette-le,
Et sors à sa rencontre. Il nous est proche,
C'est ton père.

LA FILLE.

Celui qui t'a quittée
Pour se marier à une femme ?

LA SIRÈNE.

Oui ;
Sois gentille avec lui, sois caressante,
Raconte-lui tout ce que je t'ai dit
De ta naissance, et aussi de moi-même.
Et s'il demande si je pense encore
A lui, réponds que oui, je pense à lui
Toujours autant, que je l'aime toujours
Et je l'attends chez moi. Tu m'as comprise ?

LA FILLE.

Oh, j'ai compris.

LA SIRÈNE.

Va donc.

*Seule.*

Depuis le jour
Où je me suis noyée, en délirant,
Fille désespérée et avilie,
Et me suis réveillée au fond du Dniepr
Sirène froide et reine sans partage,
Il s'est passé sept ans – et, chaque jour,
Je pense et je repense à ma vengeance,
Et je crois qu'à présent mon heure arrive.

*La chambre de la princesse.*

*La princesse et la nourrice.*

LA PRINCESSE.
Là, des trompettes ; non, ce n'est pas lui.
Nounou, quand il était mon fiancé,
Il refusait de me quitter d'un pas,
Il ne se détachait jamais des yeux.
Il s'est marié, tout a changé soudain.
Il me réveille, aujourd'hui, à l'aurore
Et dit déjà qu'on selle son cheval ;
Jusqu'à la nuit, il erre Dieu sait où
Et quand il rentre, à peine s'il m'adresse
Un mot gentil, à peine si sa main
Caresse gentiment mon blanc visage.

LA NOURRICE.
Princesse, allez, l'homme il est comme un coq :
Cocorico ! flop-flop de l'aile, et zou.

Et la femme, c'est la pauvre couveuse :
Attends chez toi et couve tes poussins.
Tant qu'il est fiancé – tout feu, tout flamme,
Il se marie – et les soucis commencent.
Soit ses amis attendent sa visite,
Soit ses faucons l'appellent à la chasse,
Soit le diable l'envoie faire la guerre,
Tout pour ne pas rester à la maison.

LA PRINCESSE.
Il me cache peut-être une amoureuse,
Qu'en penses-tu ?

LA NOURRICE.
Voyons, ne pèche pas !
Mais par qui donc il te remplacerait ?
Toi, tu as tout : la beauté sans pareille,
La raison, les manières. Réfléchis :
En qui trouverait-il, à part en toi,
Un tel trésor ?

LA PRINCESSE.
Si Dieu voulait entendre mes prières,
M'envoyer des enfants ! Je saurais bien,
Alors, le rattacher à moi !... Ecoute !
C'est les chasseurs qui rentrent dans la cour.
Mon mari est rentré. Mais, où est-il ?

*Entre un veneur.*

Le prince, où est le prince ?

LE VENEUR.
Il nous a dit
De rentrer seuls.

LA PRINCESSE.

Où donc est-il ?

LE VENEUR.

Il est
Tout seul, dans la forêt au bord du Dniepr.

LA PRINCESSE.
Et vous avez osé laisser le prince
Là-bas tout seul ; les braves serviteurs !
Retournez-y, courez le retrouver !
Dites-lui que c'est moi qui vous envoie.

*Le veneur s'en va.*

Mon Dieu ! la nuit, dans la forêt, on trouve
Le fauve sanguinaire ou l'assassin
Ou bien l'homme des bois – la mort le guette.
Allume un cierge, cours, devant l'icône.

LA NOURRICE.
Je cours, mon cœur, je cours…

*Le Dniepr. La nuit.*

LES SIRÈNES.
La lune réchauffe
La crête des flots.
En foule rieuse,
Nous sortons sur l'eau.
Nous aimons, au clair de lune,

Remonter du fond de l'eau,
Libres, fières, une à une,
Déchirer le haut des flots.
Nous héler à toute allure,
Déchirant la soie de l'air,
Secouant nos chevelures,
Nos immenses cheveux verts.

UNE SIRÈNE.

Sœurs, mes sœurs, dans les broussailles,
Quelque chose s'est caché.

UNE AUTRE.

Entre nous et Dame Lune
Un humain vient de marcher.

*Elles se cachent.*

LE PRINCE.

Une force invisible, malgré moi,
M'attire vers ces bords mélancoliques.
Ici, tout me rappelle mon passé
Et le récit, adoré mais terrible,
De ma jeunesse libre et sans souci.
Ici, l'amour venait à ma rencontre,
Et cet amour était brûlant et libre ;
Et, pauvre fou, j'étais heureux !... et j'ai,
Sans réfléchir, pu briser ce bonheur.
Berges connues, berges mélancoliques !
Je reconnais ici la moindre chose –
Là, le moulin ! Il est tombé en ruine ;
Le bruit joyeux des roues s'est tu ; la meule
Est arrêtée – le vieux est mort, sans doute
Il n'aura pas longtemps pleuré sa fille.

Un sentier passait là – l'herbe l'étouffe,
Depuis longtemps il ne vient plus personne ;
Et le jardin avec sa palissade –
Quoi, ce bosquet le couvre-t-il déjà ?
Ah, voilà ce vieux chêne où, m'embrassant,
Elle a baissé la tête, sans un mot...
Est-ce possible ?

*Il s'avance vers les arbres, les feuilles tombent.*

Qu'est-ce là ? les feuilles,
Soudain, se sont flétries, froissées, et tombent
Comme une pluie de cendre autour de moi.
Et, devant moi, il reste noir et nu
Comme un arbre maudit.

*Entre un vieillard, à demi nu, en haillons.*

LE VIEILLARD.

Bonjour, bonjour,
Mon gendre.

LE PRINCE.

Qui es-tu ?

LE VIEILLARD.

Moi ? le corbeau
Du coin.

LE PRINCE.

Dieu... le meunier.

LE VIEILLARD.

Meunier toi-même !
Je l'ai vendu, le moulin, aux démons
De sous le poêle, et j'ai confié les sous

A la Sirène, à ma fille très sage.
Ils sont enfouis dans le sable du Dniepr,
Gardés par le poisson qui n'a qu'un œil.

LE PRINCE.
L'infortuné... Fou. Des pensées éparses,
Nuées perdues après une tempête.

LE VIEILLARD.
Pourquoi que tu n'es pas venu hier ?
On avait un festin, on t'attendait.

LE PRINCE.
Qui m'attendait ?

LE VIEILLARD.
Qui t'attendait ? Ma fille.
Et, tu sais bien, moi, je ferme les yeux,
Vous êtes libres ; vous pourriez passer
La nuit ensemble, jusqu'au chant du coq,
Moi, je ne dirai rien.

LE PRINCE.
Pauvre meunier !

LE VIEILLARD.
Le meunier, c'est un autre, on te répète,
Moi, je suis le corbeau, pas le meunier :
Un vrai miracle : quand (tu te souviens ?)
Ma fille s'est jetée au fond du fleuve,
J'ai couru après elle et j'ai voulu
Sauter de ce rocher, là, mais, d'un coup,
J'ai senti ça, que deux ailes puissantes
M'étaient sorties de sur les omoplates

Et me tenaient en l'air. Depuis ce jour,
Je vole çà et là, et je becquette
De la vache crevée ou je croasse
Sur le petit tombeau.

LE PRINCE.

Quelle pitié !
Mais qui veille sur toi ?

LE VIEILLARD.

Veiller sur moi,
Il faudrait ça. Je suis vieux et pas sage.
Ça va, c'est bien, la petite sirène
Veille sur moi.

LE PRINCE.

Qui ?

LE VIEILLARD.

Ma petite-fille.

LE PRINCE.

Il délire. Vieillard, dans ces forêts,
Tu vas mourir de faim, ou bien les loups
T'achèveront. Veux-tu vivre avec moi,
Dans mon palais ?

LE VIEILLARD.

Dans ton palais ? ça non !
Tu m'attires chez toi, et tu m'étrangles,
Tiens, avec un collier. Là, je suis libre
Et bien. Je n'en veux pas, de ton palais.

*Il sort.*

LE PRINCE.
Et cela par ma faute ! Il est affreux
De perdre la raison. Mieux vaut mourir.
Nous regardons les morts avec respect
Et nous prions pour eux. La mort ramène
Chacun à tous. Mais l'homme dont l'esprit
S'est effrondré, il cesse d'être un homme.
En vain les mots lui sont donnés, les siens
N'ont pas de sens, la bête voit en lui
Son frère, il s'offre à la risée des gens,
A leurs lubies, Dieu ne le juge pas.
Infortuné vieillard ! Tu fais renaître
En moi tous les tourments de mes remords !

LE VENEUR.
Il est là. Dieu merci, on l'a trouvé !

LE PRINCE.
Que faites-vous ici ?

LE VENEUR.
C'est la princesse
Qui nous envoie. Elle avait peur pour toi.

LE PRINCE.
Elle est insupportable ! Suis-je un gosse
Qui ne peut faire un pas sans sa nourrice ?

*Il sort. Les sirènes apparaissent à la surface de l'eau.*

LES SIRÈNES.
Sœurs, mes sœurs, courons la plaine,
Retenons les cavaliers.

Oui, sifflons, crions, sirènes,
Faisons peur à leurs coursiers.
C'est trop tard. Les bois noircissent,
L'eau profonde s'est glacée.
Les premiers coqs retentissent,
La lune va s'effacer.

UNE SIRÈNE.

Attendons encor, sirènes.

UNE AUTRE.

Non, rentrons, rentrons, c'est l'heure,
Pour le dire à notre reine,
Notre impitoyable sœur.

*Elles se cachent.*

# UNE SCÈNE DE CHEVALERIE

MARTIN. Ecoute, Franz, c'est la dernière fois que je te parle comme ton père : j'ai supporté tes frasques trop longtemps ; et je n'ai pas l'intention de les supporter davantage. Range-toi, sinon, ça ira mal.

FRANZ. Voyons, père ; pourquoi te mets-tu en colère ? Je ne fais rien, j'ai l'impression.

MARTIN. Je ne fais rien ! mais le mal est là, que tu ne fais rien. Tu es un fainéant, tu ne gagnes pas le pain que tu manges, tu restes juste à faire de l'ombre sous le soleil. Qu'est-ce que tu espères ? ma fortune ? mais, ma fortune, est-ce que je l'ai faite en me croisant les bras et en composant des chansons imbéciles ? Le jour de mes quatorze ans, mon défunt père m'a mis deux kreutzers dans la main et deux coups de pied dans le cul, et il m'a dit : va-t'en, Martin, gagne ton pain tout seul, déjà sans toi, je tire le diable par la queue. Depuis ce jour, nous ne nous sommes plus revus ; Dieu soit loué, je me suis acquis une maison, de l'argent et un nom honnête – et grâce à quoi ? grâce à l'épargne, à la patience, au travail. Voilà que j'ai cinquante ans passés, il serait temps que je prenne du repos, que je te confie les livres de comptes et la maison. Mais est-ce que je peux même y penser ? Quelle confiance est-ce que je peux te faire ? Toi, tout ce que tu veux, c'est te pavaner avec les messieurs qui nous méprisent et nous prennent nos marchandises à crédit. Je te connais, tu as honte de ton état. Mais écoute-moi, Franz. Si tu ne changes pas, si tu ne laisses pas les nobles et si tu ne te mets pas à travailler sérieusement – Dieu m'est témoin, je te chasse de chez moi et je désigne pour héritier Karl Hertz, mon apprenti.

FRANZ. C'est à toi de voir, père ; fais comme tu veux.

MARTIN. Je le dis bien ; fais attention…

*Entre frère Berthold.*

MARTIN. Voilà un autre hurluberlu. Que me vaut l'honneur ?

BERTHOLD. Bonjour, voisin. J'ai besoin de toi.

MARTIN. Besoin ! Encore de l'argent !

BERTHOLD. Oui… ne pourrais-tu me prêter cent cinquante guldens ?

MARTIN. Eh voyons – où veux-tu que je les prenne ? Je ne suis pas la chambre au trésor.

BERTHOLD. Je t'en prie – ne joue pas les avares. Tu sais bien que ton argent n'est pas à fonds perdu.

MARTIN. Comment ça, pas à fonds perdu ? Combien je t'en ai déjà donné, de l'argent ? et où est-ce qu'il est passé ?

BERTHOLD. Il a servi ; mais, aujourd'hui, c'est la dernière fois que je t'en demande.

MARTIN. Ces dernières fois, ce n'est pas la première fois que je les entends.

BERTHOLD. Non, je te jure. Ma dernière expérience a échoué pour un rien – à présent, j'ai tout calculé ; mon expérience ne peut pas échouer.

MARTIN. Ah, père Berthold ! Si tu n'avais pas jeté dans le feu de l'alchimie tout l'argent qui t'est passé entre les mains, tu serais un homme riche. Tu me promets des trésors et tu viens me demander l'aumône. Quel sens ça a ?

BERTHOLD. Ce n'est pas l'or que je veux, je cherche la seule vérité.

MARTIN. Et moi, au diable ta vérité, il me faut de l'or.

BERTHOLD. Alors, tu ne veux plus me faire confiance ?

MARTIN. Je ne peux plus et je ne veux plus.

BERTHOLD. Alors, adieu, voisin.

MARTIN. Adieu.

BERTHOLD. Je m'en vais chez le baron Raoul, il me donnera peut-être de l'argent.

MARTIN. Le baron Raoul ? où irait-il le prendre, cet argent ? Ses vassaux sont ruinés. – Eh, grâce à Dieu, ce n'est plus si simple, de nos jours, de faire sa pelote sur les grands chemins.

BERTHOLD. Il doit avoir de l'argent, parce qu'il y a un tournoi chez le duc, et que le baron a l'intention de s'y rendre. Adieu.

MARTIN. Et tu crois qu'il te donnera de l'argent ?

BERTHOLD. Peut-être bien.

MARTIN. Et tu t'en serviras pour ta dernière expérience ?

BERTHOLD. Absolument.

MARTIN. Et si ton expérience échoue ?

BERTHOLD. Elle échouera. Mais si cette expérience échoue aussi, alors, toute l'alchimie n'est que sottise.

MARTIN. Et si elle réussit ?

BERTHOLD. Alors... je te rendrai, avec reconnaissance, et avec tous les intérêts, les sommes que je t'ai empruntées, et je révélerai le grand secret au baron Raoul.

MARTIN. Pourquoi au baron et pas à moi ?

BERTHOLD. Je voudrais bien, mais je ne peux pas : tu sais que j'ai fait vœu devant la Vierge de ne partager mon secret qu'avec celui qui m'aiderait pour ma dernière expérience, l'expérience décisive.

MARTIN. Ah, père Berthold, tu as bien envie de te ruiner ! Où vas-tu, – attends ! C'est bon. Je veux bien te faire un prêt pour cette fois. A Dieu vat ! Mais gare, seulement, tiens ta promesse. Que cette expérience-là soit vraiment la dernière, et qu'elle soit décisive.

BERTHOLD. Ne crains rien. Il n'y en aura pas besoin d'autre…

MARTIN. Attends-moi ici ; je te les apporte tout de suite – tu voulais combien, déjà ?

BERTHOLD. Cent cinquante guldens.

MARTIN. Cent cinquante guldens… Mon Dieu ! et par des temps si durs !

*Berthold et Franz.*

BERTHOLD. Bonjour, Franz, tu m'as l'air bien songeur.

FRANZ. Il y a de quoi être songeur. Mon père vient de me menacer de me chasser et de me déshériter.

BERTHOLD. Et pourquoi donc ?

FRANZ. Parce que je fréquente les chevaliers.

BERTHOLD. Il n'a pas entièrement raison, et il n'a pas entièrement tort.

FRANZ. Un bourgeois est donc indigne de respirer le même air qu'un noble ? Adam n'est-il pas notre ancêtre commun ?

BERTHOLD. C'est vrai, c'est vrai. Mais, vois-tu, c'était il y a bien longtemps. Caïn et Abel étaient frères, eux aussi, mais Caïn ne pouvait pas respirer le même air qu'Abel – et ils n'étaient pas égaux devant Dieu. Dès le début, nous trouvons l'inégalité et l'envie.

FRANZ. Est-ce ma faute si je n'aime pas mon état ? si l'honneur m'est plus cher que la fortune ?

BERTHOLD. Tous les états ont leur honneur et leur profit. Le noble guerroie et fait le beau. Le bourgeois travaille et s'enrichit. Le noble est digne derrière la grille de sa tour, le marchand – derrière son comptoir... Mais, dans un tournoi, il prêterait à rire.

*Entre Martin.*

MARTIN. Tiens, voilà cent cinquante guldens – mais attention, c'est la dernière fois que je cède à tes caprices.

BERTHOLD. Merci, merci beaucoup. Tu verras, tu n'auras pas lieu de te repentir.

MARTIN. Attends ! Bon, et si ton expérience marche, si tu as tout l'or et toute la gloire que tu veux, est-ce que tu profiteras enfin tranquillement de la vie ?

BERTHOLD. J'entreprendrai une nouvelle recherche : je crois qu'il existe un moyen de découvrir le *perpetuum mobile*...

MARTIN. Qu'est-ce que c'est, le *perpetuum mobile ?*

BERTHOLD. Le *perpetuum mobile*, c'est le *mouvement éternel*. Si je découvre le mouvement éternel, alors, je ne vois plus de frontières à la création humaine... vois-tu, mon bon Martin : faire de l'or, c'est un problème attrayant, une invention, peut-être, curieuse – mais découvrir le *perpetuum mobile*... oh !...

MARTIN. Va-t'en au diable avec ton *perpetuum mobile*... Je te jure, père Berthold, tu ferais perdre patience à tous les anges du Ciel. Tu demandes de l'argent pour quelque chose de sérieux et tu racontes n'importe quoi. Ce n'est pas possible. Quel hurluberlu !

BERTHOLD. Quel vieux ronchon !

*Ils partent chacun de son côté.*

FRANZ. Le diable l'emporte, notre état ! – Mon père est riche, – mais, pour moi, et alors ? Un noble qui ne possède rien qu'un glaive émoussé et un heaume rouillé vit plus heureux et plus respecté que mon père. Mon père se découvre devant lui – et, l'autre, il ne le regarde même pas. – L'argent ! parce que l'argent lui a coûté si cher, il pense que toute la force est dans l'argent – évidemment ! S'il est si fort, que mon père essaie donc de me faire entrer dans le château du baron ! L'argent ! L'argent, un chevalier n'en a pas besoin – c'est le domaine des bourgeois – qu'il les secoue un peu et leurs flots de sang couleront en écus !... Le diable l'emporte, notre état ! – Pour moi, il vaut mieux être le dernier des ménestrels – lui, au moins, on le reçoit au château... La dame écoute ses chansons, elle lui remplit sa coupe, elle la lui porte de ses mains...

Le marchand, assis devant ses livres, il compte, il compte, il s'incline bien bas, il ruse devant chaque client : "Je vous jure, monsieur, c'est le meilleur produit, vous ne trouverez pas moins cher." – Tu mens, youpin. "Mais non, monsieur, je vous jure sur l'honneur..." Sur l'honneur !... Il est beau, son honneur ! Le chevalier, lui, il est libre comme un aigle... il ne s'est jamais courbé sur les chiffres, il marche droit et fier, il dit un mot, on le croit...

Mais est-ce que c'est une vie ? Le diable l'emporte ! – Mieux vaut que je me fasse ménestrel.

Pourtant, que m'a dit le moine ? Un tournoi à ***, et le baron s'y rend – ah, mon Dieu ! Clotilde y sera aussi. Les dames siègent tout autour, tremblant pour leurs chevaliers – les trompes sonnent – les hérauts s'avancent – les chevaliers font le tour des lices, baissant leur lance devant le balcon de leur dame... Les trompes sonnent encore – les chevaliers s'écartent – et ils s'élancent à l'assaut... les dames font un grand "ah !"... mon Dieu ! et moi, jamais je ne lèverai la poussière dans un tournoi, jamais les hérauts ne clameront mon nom, mon nom de bourgeois méprisable, jamais Clotilde ne fera “ah !” pour mes beaux yeux…

L’argent ! s’il savait comme les chevaliers nous méprisent, malgré tout notre argent…

ALBERT. Tiens ! c’est Franz ; qu’est-ce que tu avais à crier ?

FRANZ. Ah, seigneur, vous m’avez entendu… Je pensais en moi-même…

ALBERT. Et à quoi pensais-tu en toi-même ?

FRANZ. Je me demandais comment aller à un tournoi.

ALBERT. Tu veux aller à un tournoi ?

FRANZ. Oui.

ALBERT. Rien de plus simple ; mon écuyer est mort – tu veux sa place ?

FRANZ. Quoi ! votre pauvre Jacob est mort ? de quoi est-ce qu’il est mort ?

ALBERT. Ma foi, je n’en sais rien – vendredi, il se portait comme un charme ; le soir, je suis rentré tard (je festoyais chez Raymond, j’avais pas mal bu) – Jacob m’a dit je ne sais plus quoi… je me suis fâché, je l’ai frappé – sur la joue, je me souviens – ou sur la tempe, peut-être – mais non, non, vraiment, sur la joue ; Jacob est tombé – il ne s’est pas relevé ; moi, je me suis couché tout habillé – le lendemain, je me lève, qu’est-ce que j’apprends ? – mon pauvre Jacob – *kaputt*.

FRANZ. Oh, chevalier, elles doivent être lourdes, vos gifles.

ALBERT. J'avais mon gant de fer. – Bon, alors, tu veux être mon écuyer ?

FRANZ *(se grattant la nuque).* Votre écuyer ?

ALBERT. Laisse ta nuque tranquille – accepte. – Je te prendrai au tournoi – tu vivras au château. Porter les armes d'un chevalier comme moi, ce n'est pas rien : c'est déjà un degré. Avec le temps, qui sait ? nous te ferons chevalier – plus d'un a commencé comme ça.

FRANZ. Et que dira mon père ?

ALBERT. Qu'est-ce qu'il aurait à te dire ?

FRANZ. Il va me déshériter...

ALBERT. Tu t'en fiches – un souci de moins.

FRANZ. Et je vivrai chez vous au château ?...

ALBERT. Bien sûr. – Alors, c'est oui ?

FRANZ. Vous ne me giflerez pas ?

ALBERT. Non, non, n'aie pas peur ; et même s'il arrivait malheur – ce n'est pas trop grave ; les écuyers ne meurent pas tous comme ça.

FRANZ. C'est juste ; s'il arrivait malheur – on verra encore qui aura le dernier mot...

ALBERT. Quoi ? qu'est-ce que tu dis, je ne t'ai pas compris ?

FRANZ. Rien, je réfléchissais.

ALBERT. Bon, alors – accepte…

FRANZ. Si vous voulez – j'accepte.

ALBERT. Il n'y avait pas à réfléchir. Trouve-toi un cheval et présente-toi chez moi.

*Berthe et Clotilde.*

CLOTILDE. Berthe, parle-moi de quelque chose, je m'ennuie.

BERTHE. De quoi voulez-vous que je vous parle ? – pas de notre chevalier ?

CLOTILDE. De quel chevalier ?

BERTHE. De celui qui est sorti vainqueur au tournoi.

CLOTILDE. Du comte Rotenfeld. Non, je ne veux pas parler de lui ; voilà déjà deux semaines que nous sommes rentrées, – il n'a toujours pas eu l'idée de nous rendre visite ; c'est un manque de courtoisie.

BERTHE. Attendez, je suis sûre qu'il sera là demain…

CLOTILDE. Qu'est-ce qui te fait penser ça ?

BERTHE. Parce que j'ai rêvé de lui.

CLOTILDE. Fi, mon Dieu ! Ça ne veut rien dire. Moi, toutes les nuits je rêve de lui.

BERTHE. Ça, c'est tout à fait autre chose – vous, vous êtes amoureuse.

CLOTILDE. Moi, je suis amoureuse ? Ne dis pas de bêtises, s'il te plaît... Tu n'as pas à parler du comte Rotenfeld. Parle-moi de quelqu'un d'autre.

BERTHE. De qui vous parlerai-je ? De l'écuyer de votre frère, de Franz ?

CLOTILDE. Si tu veux – parle-moi de Franz.

BERTHE. Figurez-vous, madame, qu'il est fou amoureux de vous.

CLOTILDE. Franz, amoureux fou de moi ? qui te l'a dit ?

BERTHE. Personne, je l'ai remarqué toute seule, quand vous montez à cheval, il vous tient toujours la bride ; quand il fait le service à table, il ne voit personne à part vous ; si vous faites tomber un mouchoir, il est le premier pour le ramasser – et, pour nous, pas un regard...

CLOTILDE. Ou bien tu es idiote, ou bien ce Franz est une créature qui s'en permet beaucoup...

*Entrent Albert, Rotenfeld et Franz.*

ALBERT. Ma sœur, je te présente ton chevalier, le comte vient passer quelques jours au château.

LE COMTE. Permettez, gente demoiselle, à votre indigne chevalier de baiser une fois encore cette main non pareille, dont j'ai reçu la plus précieuse des récompenses...

CLOTILDE. Comte, je suis heureuse d'avoir l'honneur de vous recevoir chez moi... Mon frère, je vous attendrai dans la tour du nord... *(Elle sort.)*

LE COMTE. Comme elle est belle !

ALBERT. C'est un cœur d'ange. Comte, mettez-vous donc à l'aise ! Où sont vos serviteurs ? Franz ! Ote les bottes du comte. *(Franz tarde.)* Franz, tu es sourd, ou quoi ?

FRANZ. Je ne suis pas le valet universel pour ôter les bottes à tout le monde.

LE COMTE. Oho, mais quel gaillard !

ALBERT. Ruffian ! *(Il veut le frapper.)* Je vais te mettre dehors !

FRANZ. Je n'ai pas besoin de vous pour quitter le château.

ALBERT. Bouseux, vile créature ! Pardonnez, comte, je le materai... Dehors ! *(Il le pousse dans le dos.)* Et que je ne te revoie plus !

LE COMTE. Je vous le demande, ne touchez pas ce lourdaud ; vraiment, il n'en vaut pas la peine.

*

CLOTILDE. Mon frère, j'ai une demande à te faire.

ALBERT. Qu'est-ce que tu veux ?

CLOTILDE. S'il te plaît, chasse ton écuyer Franz ; il a osé être grossier avec moi…

ALBERT. Quoi ? avec toi aussi ?… Dommage que je l'aie déjà chassé ; il ne s'en serait pas tiré à si bon compte. Mais qu'est-ce qu'il a donc fait ?

CLOTILDE. Non, rien. Puisque tu l'as chassé, inutile d'en parler davantage. Dis-moi, mon frère, le comte reste-t-il longtemps chez nous ?

ALBERT. Ma sœur, j'ai l'impression que cela dépendra de toi. Pourquoi rougis-tu ?

CLOTILDE. Tu plaisantes toujours… Il n'y pense même pas…

ALBERT. Il n'y pense pas ? à quoi ?

CLOTILDE. Ah, mon frère, tu es insupportable ! Je dis que le comte ne pense même pas à moi.

ALBERT. Ma foi, sait-on jamais – qui vivra verra.

*

FRANZ. Voilà notre petite maison… Pourquoi a-t-il fallu que je la quitte pour l'arrogance d'un château ? Ici, j'étais le maître, là-bas – un valet… et tout cela, pour quoi ?... pour les regards arrogants d'une fille noble insolente. J'ai bu toutes les hontes, je me suis humilié devant mes propres yeux – je suis devenu le valet de celui dont j'étais le camarade, je me suis habitué à supporter les injures puériles d'un blanc-bec imbécile et trop gâté... je ne voyais plus rien... Moi qui ne voulais pas dépendre de mon père – je me suis mis à dépendre d'un autre... Et comment tout cela a-t-il fini ? – mon Dieu... le sang me monte au front – mes poings se serrent... Oh, je me vengerai, je me vengerai...

Mon père, comment m'accueillera-t-il ? *(Il frappe à la porte.)*

KARL *(il sort)*. Qui est-ce qui frappe si fort ? – Ah, Franz, c'est toi ! *(A part.)* Le diable qui l'envoie !

FRANZ. Bonjour, Karl ; mon père est là ?

KARL. Oh, Franz, il y a bien longtemps que tu n'es pas venu... Ton père, il est mort il y a un mois.

FRANZ. Mon Dieu ! Qu'est-ce que tu dis ?... Mon père est mort ! – C'est impossible !

KARL. C'est tellement possible que nous l'avons enterré.

FRANZ. Le pauvre, le pauvre vieillard !... Et on ne m'a même pas fait savoir qu'il était malade ! peut-être est-il mort de chagrin – il m'aimait ; il était très sensible. Karl, et tu ne pouvais pas me faire appeler ? Il m'aurait donné sa bénédiction...

KARL. Il est mort de s'être emporté contre un commis et d'avoir bu trois bouteilles de bière à la suite – c'est de ça qu'il est mort. Tu sais quoi encore, Franz ? Il t'a déshérité, n'est-ce pas – et, toute sa fortune, il l'a donnée…

FRANZ. A qui ?

KARL. Je n'ose pas te le dire – tu es si emporté…

FRANZ. Je sais : à toi…

KARL. Dieu m'est témoin, ce n'est pas ma faute. – Je serais prêt à tout te rendre… parce que, vois-tu, même si la loi est de mon côté – quand même, n'est-ce pas, en toute conscience, je sens bien que, malgré tout, l'héritier du père – c'est son fils, et pas son apprenti… Mais, vois-tu, Franz… je t'attendais, et tu ne venais pas – et je me suis marié… et là, maintenant que je suis marié, je ne sais plus quoi faire… quoi dire…

FRANZ. Garde mon héritage, Karl, je ne te demande rien. Avec qui es-tu marié ?

KARL. Avec Julia Furst, mon brave Franz, la fille de Johann Furst, notre voisin… Je vais te la présenter. Si tu veux rester, j'ai un grenier vide…

FRANZ. Non, merci, Karl. Salue Julia de ma part – et, tiens, donne-lui cette chaînette en argent – en souvenir de moi…

KARL. Mon brave Franz !… Veux-tu dîner avec nous ?… Nous venions juste de passer à table…

FRANZ. Je ne peux pas, je suis pressé…

KARL. Où vas-tu donc ?

FRANZ. Ma foi, je n'en sais rien moi-même – adieu.

KARL. Adieu, que le bon Dieu te protège.

*Franz s'en va.*

Mais quel brave garçon – et quel dommage qu'il soit si dépravé ! Bon, à présent, je suis tranquille : je n'aurai ni procès ni soucis.

*Les vassaux*, armés de faux et de massues.*

FRANZ. Ils passeront par cette clairière – attention, courage ; laissez-les avancer aussi près que possible, en continuant de faucher, les chevaliers vont vous aboyer dessus – ils pousseront leurs chevaux, – et, là, vous attaquez les jambes des chevaux à grands coups de faux, et, nous, nous accourons de la forêt pour vous prêter main-forte… chut !… Les voilà.

*Franz et une partie des vassaux se cachent dans la forêt.*

* Nous conservons le terme, visiblement impropre, employé par Pouchkine. *(N.d.T.)*

LES FAUCHEURS *(ils chantent)*.

Les faucheurs s'en vont aux champs,
Et chantant, et fauchant,
Jusqu'à moisson faite !
Brille, fauche, faux d'argent,
J'ai le cœur en fête !

*Quelques chevaliers, parmi lesquels Albert et Rotenfeld.*

LES CHEVALIERS. Eh, vous – dégagez le chemin !

*Les vassaux ôtent leur chapeau et ne bougent pas.*

ALBERT. Dégagez, on vous dit !... Que signifie, Rotenfeld ? ils ne bougent pas.

ROTENFELD. Bah, chargeons, piétinons-les comme il faut...

LES FAUCHEURS. Les gars, courage...

*Les chevaux blessés tombent avec leurs cavaliers ; d'autres se cabrent.*

FRANZ. En avant, les gars ! Ouh ! ouh !...

UN CHEVALIER *(à un autre)*. Ça va mal, l'ami – ils sont plus d'une centaine...

UN AUTRE. Ça ne fait rien, nous sommes encore cinq à cheval...

LES CHEVALIERS. Fripouilles, chiens, on va vous !...

LES VASSAUX. Ouh ! ouh ! ouh !...

*Bataille. Tous les chevaliers tombent les uns après les autres.*

LES VASSAUX *(les frappant à coups de massues et de faux)*. La victoire est à nous… Vampires ! brigands ! vaniteux pourris ! Maintenant, vous êtes entre nos mains…

FRANZ. Lequel d'entre eux est Rotenfeld ? – Les amis ! soulevez leurs visières, – où est Albert ?

*Survient une autre troupe de chevaliers.*

L'UN D'ENTRE EUX. Messieurs ! regardez, qu'est-ce que ça veut dire ? On se bat par ici…

UN AUTRE. C'est une jacquerie – le vil peuple qui s'en prend aux chevaliers.

LES CHEVALIERS. Messieurs ! messieurs !… Baissez les lances ! Chargez !…

*Les chevaliers assaillent les vassaux.*

LES VASSAUX. Malheur ! Malheur ! Des chevaliers !… *(Ils s'enfuient en désordre.)*

FRANZ. Attendez ! regardez, ils ne sont même pas une dizaine !…

*Il est blessé ; un chevalier le saisit par le col.*

LES CHEVALIERS. Attends, compère… je vais t'apprendre à prêcher.

UN AUTRE. Et ces viles créatures ont pu venir à bout de nobles chevaliers ! regardez, un, deux, trois… neuf chevaliers tués. Mais c'est affreux.

*Les chevaliers gisants se relèvent les uns après les autres.*

LES CHEVALIERS. Comment ! vous êtes vivants ?

ALBERT. Grâce à nos armures de fer... *(Rire général.)* Aha ! Franz, c'est toi, l'ami ! Très heureux de te voir... Messieurs les chevaliers ! merci pour votre généreux secours.

UN CHEVALIER. De rien ; à notre place, vous auriez fait la même chose.

ROTENFELD. Oserai-je vous inviter dans mon château, deux ou trois jours, pour vous reposer des fatigues du combat et festoyer entre amis ?...

UN CHEVALIER. Pardonnez-nous si nous ne pouvons pas profiter de votre généreuse hospitalité. Nous sommes pressés de nous rendre aux funérailles du prince d'Elsberg – et nous craignons d'arriver en retard...

ROTENFELD. Au moins, faites-moi l'honneur de dîner chez moi...

UN CHEVALIER. Avec plaisir. – Mais vous n'avez pas de chevaux – permettez-nous de vous proposer les nôtres... nous monterons derrière vous, comme des donzelles délivrées. *(Ils s'installent.)* Quant à ce gaillard, c'est bon, nous le mènerons à la première potence... Messieurs, aidez-moi à l'attacher au pommeau de ma selle...

*Le château de Rotenfeld.*

*Les chevaliers sont en train de dîner.*

UN CHEVALIER. Un vin fameux !

ROTENFELD. Il a plus de cent ans d'âge... Mon arrière-grand-père l'a mis en cave comme il partait en Palestine, où il est resté ; cette campagne lui a coûté deux châteaux et le bois de Rotenfeld, qu'un évêque a racheté pour une bouchée de pain.

UN CHEVALIER. Un vin fameux ! – A la noble maîtresse de ces lieux !...

LES CHEVALIERS. A la belle et noble maîtresse de ces lieux !...

CLOTILDE. Je vous remercie, chevaliers... A vos dames... *(Elle boit.)*

ROTENFELD. A nos sauveurs !

LES CHEVALIERS. A nos sauveurs !

UN CHEVALIER. Rotenfeld ! votre fête est splendide ; mais il lui manque quelque chose...

ROTENFELD. Je sais – du vin de Chypre ; que voulez-vous – je n'en ai plus depuis la semaine dernière.

UN CHEVALIER. Non, pas du vin de Chypre ; il lui manque les chansons d'un minnesinger.

ROTENFELD. C'est vrai, c'est vrai... Il n'y aurait pas un minnesinger dans le voisinage ? allez voir à l'auberge...

ALBERT. Pourquoi chercher si loin ? Franz n'est pas encore pendu – qu'on nous l'appelle…

ROTENFELD. Tu as raison, qu'on nous appelle Franz !

UN CHEVALIER. Qui est ce Franz ?

ROTENFELD. C'est ce ruffian que vous avez arrêté tout à l'heure.

UN CHEVALIER. Parce qu'il est minnesinger ?

ALBERT. Oh ! il est tout ce que vous voulez. Le voilà.

ROTENFELD. Franz ! les chevaliers veulent entendre de tes chansons, si la peur ne t'a pas encore fait perdre la mémoire, et s'il te reste un peu de voix.

FRANZ. De quoi aurais-je peur ? Soit, je vais vous chanter une chanson de ma composition. Ma voix ne tremblera pas, et j'ai toujours ma langue.

ROTENFELD. On verra, on verra. Allez – vas-y…

FRANZ *(il chante)*.

> Il était un pauvre chevalier,
> Un cœur simple, la droiture même,
> L'âme fière et le regard altier,
> La figure taciturne et blême.
>
> Il lui vint un jour une vision –
> La raison ne peut en rendre compte –
> Mais il en garda une impression
> Aussi indicible que profonde.

Depuis lors, son âme avait brûlé ;
Il vécut pour une pure flamme
Et jura de ne jamais parler,
De ne regarder aucune femme.

Il prit pour écharpe un chapelet,
Il s'était reclus de la lumière
Et devant personne il ne levait
Les barreaux d'acier de sa visière.

Se vouant au rêve caressant
D'un amour qui l'émouvait aux larmes,
Il avait inscrit avec son sang
*A. M. D.* sur ses nouvelles armes.

Et tandis que d'autres paladins,
Guerroyant pour les croisades saintes
Contre les guerriers de Saladin,
Invoquaient leur dame sans contrainte, –

"Sainte rose, ô toi, lueur des cieux !"
Criait-il, plein d'une ardeur rebelle,
Et son cri de guerre impétueux
Faisait fuir soudain les infidèles.

De retour dans son château lointain,
Il vécut muré dans son silence
Et mourut, austère, obscur, hautain,
Comme possédé par la démence.

*Exclamations.*

UN CHEVALIER. Une chanson fameuse ; mais elle est un peu triste. Tu n'en as pas de plus gaie ?

FRANZ. Si vous voulez ; oui.

ROTENFELD. Je l'aime bien parce qu'il ne se laisse pas dépérir ! – Tiens, une coupe de vin.

FRANZ.

Le meunier rentre déjà...
– Femme ! où as-tu pris ces bottes ?
Gros ivrogne, vieux goujat,
Où, dis-moi, vois-tu des bottes ?
Ou le Diable te rend fou ?
C'est des seaux. – Ah, sacrediou !
J'aurai bientôt quarante ans,
Mais jamais jusqu'à présent
Je n'avais, à jeun ou rond,
Vu des seaux à éperons.

LES CHEVALIERS. Une chanson fameuse ! une belle chanson ! – bravo, le minnesinger !

ROTENFELD. Et malgré tout, je vais te pendre.

LES CHEVALIERS. Ça va de soi – les chansons, c'est une chose – la corde, c'en est une autre. Ça n'empêche rien.

CLOTILDE. Messieurs les chevaliers ! j'ai une requête à vous faire – promettez de ne pas refuser.

UN CHEVALIER. Que vous plaît-il de nous ordonner ?

UN AUTRE. Nous sommes prêts à nous soumettre en tout.

CLOTILDE. Ne serait-il pas possible de gracier ce pauvre homme ?... il doit être déjà suffisamment puni par sa blessure et par la peur de la potence.

ROTENFELD. Le gracier !... Mais vous ne connaissez pas le vil peuple. Si on ne les effraie pas d'un coup et qu'on gracie le meneur, ils se mutineront encore dès demain...

CLOTILDE. Non, je réponds de Franz. Franz ! N'est-ce pas que, si on te gracie, tu ne te révolteras plus ?

FRANZ *(dans un trouble extrême)*. Madame... Madame...

UN CHEVALIER. Allez, Rotenfeld... ce que dame veut, chevalier ne doit point refuser. Il faut le gracier.

LES CHEVALIERS. Il faut le gracier.

ROTENFELD. C'est bon ; nous ne le pendrons pas – mais nous allons l'enfermer en prison, et je donne ma parole d'honneur qu'il n'en ressortira que le jour où les murs de mon château s'élèveront dans les airs et retomberont en poussière...

LES CHEVALIERS. Qu'il en soit ainsi...

CLOTILDE. Mais...

ROTENFELD. Madame, j'ai donné ma parole d'honneur.

FRANZ. Quoi, la prison à vie ! Mais il vaut mieux mourir.

ROTENFELD. On ne te demande pas ton avis... Ramenez-le dans la tour...

*Franz est emmené.*

FRANZ. N'empêche, je lui dois la vie !

.........................................................

# *III*

# *ANNEXES*

## 1

## *[LE CHEVALIER AVARE]*

Extrait de
*L'Adolescent*, de Dostoïevski

*[Le héros, dans un long monologue, explique pourquoi et comment il veut devenir Rothschild.]*

Je n'ai pas besoin d'argent, ou, mieux, ce n'est pas de l'argent dont j'ai besoin ; pas même de la puissance ; ce dont j'ai besoin, c'est de ce qui s'acquiert par la puissance, ce qui ne peut absolument pas s'acquérir sans la puissance : c'est la conscience solitaire et tranquille de sa force ! Voilà la définition la plus complète de la liberté, celle que le monde entier se tue à découvrir ! La liberté ! J'ai enfin tracé ce mot immense... Oui, la conscience solitaire de sa force, elle est envoûtante et splendide. Je possède la force, et je suis tranquille. Jupiter, il tient le tonnerre entre ses mains, et quoi : il est tranquille ; est-ce si souvent qu'il le fera tonner ? L'imbécile croira qu'il dort. Mais mettez à la place de Jupiter un homme de lettres ou une bécasse, une commère de village – ce tonnerre, tout ce tonnerre que ça fera !

Que j'aie seulement la puissance, me disais-je, je n'en aurai même pas besoin du tout ; je vous assure, moi-même, de mon propre gré, j'occuperai partout la dernière place. Si j'étais Rothschild, je porterais un vieux petit manteau et un parapluie. Qu'est-ce que j'en ai à faire, qu'on me bouscule dans la rue, que je sois obligé de sauter dans les flaques pour que les cochers ne m'écrasent pas ? La conscience d'être, moi, Rothschild lui-même, ça me réjouirait plutôt, dans ce moment-là. Je sais que je peux dîner comme personne, et que j'ai chez moi le premier cuisinier du monde, il me suffit de le savoir. Je mangerai un morceau de pain avec du jambon et c'est la conscience qui me rassasiera. Même maintenant, c'est ce que je pense.

Je n'irai pas, moi, prendre d'assaut l'aristocratie, c'est elle qui m'assiégera, je ne courrai pas, moi, après les femmes, ce sont elles qui accourront vers moi, vague après vague, m'offrant tout ce qu'une femme peut offrir. Les "vulgaires" accourront pour l'argent, et celles qui sont intelligentes, elles, ce sera par curiosité pour cette créature étrange, fière, fermée et indifférente envers tout. Je serai tendre avec les unes comme avec les autres, et, peut-être, je leur donnerai de l'argent, mais, moi, je n'accepterai rien qui vienne d'elles. La curiosité engendre la passion, et, peut-être, j'inspirerai la passion. Elles repartiront sans rien, je vous assure, juste, peut-être, avec des cadeaux. Je n'en deviendrai que deux fois plus curieux pour elles.

*cette conscience*
*Suffit…*

[…]
Encore gamin, j'avais appris par cœur le monologue du *Chevalier avare* chez Pouchkine ; plus haut que ça,

dans l'idée, Pouchkine n'a jamais rien créé ! Aujourd'hui encore c'est ce que je pense.

in : F. DOSTOÏEVSKI,
*L'Adolescent, I, V, 3*
*(Babel n° 305, t. I, p. 171-174).*

## 2

## *LA SIRÈNE*

*La pièce semble inachevée dans les brouillons de Pouchkine, qui n'a jamais pris la peine de la recopier au propre. Nous la republions ici telle qu'elle apparaît dans ces brouillons, et dans toutes les éditions des* Œuvres complètes *en Russie.*

*Les deux premières scènes ("Le moulin" et "Le mariage") sont inchangées. Voici la suite :*

*La chambre de la princesse.*

*La princesse et la nourrice.*

LA PRINCESSE.
Là, des trompettes ; non, ce n'est pas lui.
Nounou, quand il était mon fiancé,
Il refusait de me quitter d'un pas,
Il ne se détachait jamais des yeux.
Il s'est marié, tout a changé soudain.
Il me réveille, aujourd'hui, à l'aurore
Et dit déjà qu'on selle son cheval ;
Jusqu'à la nuit, il erre Dieu sait où
Et quand il rentre, à peine s'il m'adresse
Un mot gentil, à peine si sa main
Caresse gentiment mon blanc visage.

LA NOURRICE.
Princesse, allez, l'homme il est comme un coq :
Cocorico ! flop-flop de l'aile, et zou.
Et la femme, c'est la pauvre couveuse :
Attends chez toi et couve tes poussins.
Tant qu'il est fiancé – tout feu, tout flamme,
Il se marie – et les soucis commencent.
Soit ses amis attendent sa visite,
Soit ses faucons l'appellent à la chasse,
Soit le diable l'envoie faire la guerre,
Tout pour ne pas rester à la maison.

LA PRINCESSE.
Il me cache peut-être une amoureuse,
Qu'en penses-tu ?

LA NOURRICE.
Voyons, ne pèche pas !
Mais par qui donc il te remplacerait ?
Toi, tu as tout : la beauté sans pareille,
La raison, les manières. Réfléchis :
En qui trouverait-il, à part en toi,
Un tel trésor ?

LA PRINCESSE.
Si Dieu voulait entendre mes prières,
M'envoyer des enfants ! Je saurais bien,
Alors, le rattacher à moi !... Ecoute !
C'est les chasseurs qui rentrent dans la cour.
Mon mari est rentré. Mais, où est-il ?

*Entre un veneur.*

Le prince, où est le prince ?

LE VENEUR.
Il nous a dit
De rentrer seuls.

LA PRINCESSE.

Où donc est-il ?

LE VENEUR.

Il est
Tout seul, dans la forêt au bord du Dniepr.

LA PRINCESSE.
Et vous avez osé laisser le prince
Là-bas tout seul ; les braves serviteurs !
Retournez-y, courez le retrouver !
Dites-lui que c'est moi qui vous envoie.

*Le veneur s'en va.*

Mon Dieu ! la nuit, dans la forêt, on trouve
Le fauve sanguinaire ou l'assassin
Ou bien l'homme des bois – la mort le guette.
Allume un cierge, cours, devant l'icône.

LA NOURRICE.
Je cours, mon cœur, je cours…

*Le Dniepr. La nuit.*

LES SIRÈNES.

La lune réchauffe
La crête des flots.
En foule rieuse,
Nous sortons sur l'eau.
Nous aimons, au clair de lune,
Remonter du fond de l'eau,
Libres, fières, une à une,
Déchirer le haut des flots.
Nous héler à toute allure,

Déchirant la soie de l'air,
Secouant nos chevelures,
Nos immenses cheveux verts.

UNE SIRÈNE.

Sœurs, mes sœurs, dans les broussailles,
Quelque chose s'est caché.

UNE AUTRE.

Entre nous et Dame Lune
Un humain vient de marcher.

*Elles se cachent.*

LE PRINCE.

Berges connues, berges mélancoliques !
Je reconnais ici la moindre chose –
Là, le moulin ! Il est tombé en ruine ;
Le bruit joyeux des roues s'est tu ; la meule
Est arrêtée – le vieux est mort, sans doute
Il n'aura pas longtemps pleuré sa fille.
Un sentier passait là – l'herbe l'étouffe,
Depuis longtemps il ne vient plus personne ;
Et le jardin avec sa palissade –
Quoi, ce bosquet le couvre-t-il déjà ?
Ah, voilà ce vieux chêne où, m'embrassant,
Elle a baissé la tête, sans un mot…
Est-ce possible ?

*Il s'avance vers les arbres, les feuilles tombent.*

Qu'est-ce là ? les feuilles,
Soudain, se sont flétries, froissées, et tombent
Comme une pluie de cendre autour de moi.
Et, devant moi, il reste noir et nu
Comme un arbre maudit.

*Entre un vieillard, à demi nu, en haillons.*

LE VIEILLARD.

Bonjour, bonjour,
Mon gendre.

LE PRINCE.

Qui es-tu ?

LE VIEILLARD.

Moi ? le corbeau
Du coin.

LE PRINCE.

Dieu… le meunier.

LE VIEILLARD.

Meunier toi-même !
Je l'ai vendu, le moulin, aux démons
De sous le poêle, et j'ai confié les sous
A la Sirène, à ma fille très sage.
Ils sont enfouis dans le sable du Dniepr,
Gardés par le poisson qui n'a qu'un œil.

LE PRINCE.

L'infortuné… Fou. Des pensées éparses,
Nuées perdues après une tempête.

LE VIEILLARD.

Pourquoi que tu n'es pas venu hier ?
On avait un festin, on t'attendait.

LE PRINCE.

Qui m'attendait ?

LE VIEILLARD.

Qui t'attendait ? Ma fille.
Et, tu sais bien, moi, je ferme les yeux,

Vous êtes libres ; vous pourriez passer
La nuit ensemble, jusqu'au chant du coq,
Moi, je ne dirai rien.

LE PRINCE.

Pauvre meunier !

LE VIEILLARD.
Le meunier, c'est un autre, on te répète,
Moi, je suis le corbeau, pas le meunier :
Un vrai miracle : quand (tu te souviens ?)
Ma fille s'est jetée au fond du fleuve,
J'ai couru après elle et j'ai voulu
Sauter de ce rocher, là, mais, d'un coup,
J'ai senti ça, que deux ailes puissantes
M'étaient sorties de sur les omoplates
Et me tenaient en l'air. Depuis ce jour,
Je vole çà et là, et je becquette
De la vache crevée ou je croasse
Sur le petit tombeau.

LE PRINCE.

Quelle pitié !
Mais qui veille sur toi ?

LE VIEILLARD.

Veiller sur moi,
Il faudrait ça. Je suis vieux et pas sage.
Ça va, c'est bien, la petite sirène
Veille sur moi.

LE PRINCE.

Qui ?

LE VIEILLARD.

Ma petite-fille.

LE PRINCE.
Il délire. Vieillard, dans ces forêts,
Tu vas mourir de faim, ou bien les loups
T'achèveront. Veux-tu vivre avec moi,
Dans mon palais ?

LE VIEILLARD.
Dans ton palais ? ça non !
Tu m'attires chez toi, et tu m'étrangles,
Tiens, avec un collier. Là, je suis libre
Et bien. Je n'en veux pas, de ton palais.

*Il sort.*

LE PRINCE.
Et cela par ma faute ! Il est affreux
De perdre la raison. Mieux vaut mourir.
Nous regardons les morts avec respect
Et nous prions pour eux. La mort ramène
Chacun à tous. Mais l'homme dont l'esprit
S'est effrondré, il cesse d'être un homme.
En vain les mots lui sont donnés, les siens
N'ont pas de sens, la bête voit en lui
Son frère, il s'offre à la risée des gens,
A leurs lubies, Dieu ne le juge pas.
Infortuné vieillard ! Tu fais renaître
En moi tous les tourments de mes remords !

LE VENEUR.
Il est là. Dieu merci, on l'a trouvé !

LE PRINCE.
Que faites-vous ici ?

LE VENEUR.
C'est la princesse
Qui nous envoie. Elle avait peur pour toi.

LE PRINCE.
Elle est insupportable ! Suis-je un gosse
Qui ne peut faire un pas sans sa nourrice ?

*Il sort. Les sirènes apparaissent à la surface de l'eau.*

LES SIRÈNES.
Sœurs, mes sœurs, courons la plaine,
Retenons les cavaliers.
Oui, sifflons, crions, sirènes,
Faisons peur à leurs coursiers.

C'est trop tard. Les bois noircissent,
L'eau profonde s'est glacée.
Les premiers coqs retentissent,
La lune va s'effacer.

UNE SIRÈNE.
Attendons encor, sirènes.

UNE AUTRE.
Non, rentrons, rentrons, c'est l'heure,
Pour le dire à notre reine,
Notre impitoyable sœur.

*Elles se cachent.*

*Le fond du Dniepr.*

*Le château des sirènes.*
*Les sirènes filent autour de leur reine.*

L'AÎNÉE DES SIRÈNES.
Sœurs, rangez vos quenouilles. C'est la nuit.
La lune luit sur nous, colonne blanche.
Remontez sous le ciel, allez jouer,

Mais, cette nuit, laissez les gens tranquilles :
J'interdis qu'on chatouille le passant,
Qu'on alourdisse d'algues et de vase
Le filet du pêcheur ou qu'on fascine
L'enfant poussé au fleuve par nos contes.

*Entre la petite sirène.*

Où étais-tu ?

LA FILLE.

J'étais sortie sur terre,
Chez le grand-père. Il me demande encore
De ramasser du fond de l'eau l'argent
Qu'un jour, je ne sais quand, il a jeté
A l'eau, chez nous. Je l'ai cherché pour lui ;
Mais, ce que c'est, l'argent, je ne sais pas.
Bon, j'ai quand même pu lui ressortir
Une poignée de coquillages jaunes.
Il était très content.

LA SIRÈNE.

Avare et fou !
Ecoute-moi, ma fille. Désormais,
Je mets tout mon espoir en toi. Un homme
Viendra sur notre bord. Toi, guette-le,
Et sors à sa rencontre. Il nous est proche,
C'est ton père.

LA FILLE.

Celui qui t'a quittée
Pour se marier à une femme ?

LA SIRÈNE.

Oui ;
Sois gentille avec lui, sois caressante,
Raconte-lui tout ce que je t'ai dit

De ta naissance, et aussi de moi-même.
Et s'il demande si je pense encore
A lui, réponds que oui, je pense à lui
Toujours autant, que je l'aime toujours
Et je l'attends chez moi. Tu m'as comprise ?

LA FILLE.
Oh, j'ai compris.

LA SIRÈNE.
Va donc.

*Seule.*

Depuis le jour
Où je me suis noyée, en délirant,
Fille désespérée et avilie,
Et me suis réveillée au fond du Dniepr
Sirène froide et reine sans partage,
Il s'est passé sept ans – et, chaque jour,
Je pense et je repense à ma vengeance.
Et je crois qu'à présent mon heure arrive.

*La berge.*

LE PRINCE.
Une force invisible, malgré moi,
M'attire vers ces bords mélancoliques.
Ici, tout me rappelle mon passé
Et le récit, adoré mais terrible,
De ma jeunesse libre et sans souci.
Ici, l'amour venait à ma rencontre,
Et cet amour était brûlant et libre ;
Et, pauvre fou, j'étais heureux !... et j'ai,
Sans réfléchir, pu briser ce bonheur.

Quelles tristes pensées, oui, tristes, tristes,
A ranimées la rencontre d'hier.
Le pauvre père ! comme il est affreux !
Si je pouvais le retrouver encore,
S'il acceptait de quitter ces forêts,
S'il venait vivre, enfin, chez nous…

*La petite sirène sort sur la berge.*

Que vois-je ?
Enfant splendide, parle, d'où viens-tu ?

*

*Il existe, en outre, une variante de la fin de la scène du mariage :*

LE TÉMOIN.
Ah ces jeunesses, quoi, toujours à faire
Des mauvais tours. Quelle idée de venir
Exprès troubler le mariage du prince.

*On entend un cri.*

Bah ! qu'y a-t-il ? mais c'est la voix du prince !

*Une jeune fille sous un voile passe à travers la pièce.*

Tu as vu ?

LA MARIEUSE.
Oui, j'ai vu.

LE PRINCE *(accourant).*
Retenez-la !
Mettez-la-moi dehors à coups de pied !
Sa trace est là, elle a de l'eau qui coule.

LE TÉMOIN.
Mais oui, de l'eau. Une folle, sans doute.
Elle est là par hasard. Les serviteurs
Lui ont vidé un baquet sur la tête
Pour se moquer.

LE PRINCE.
Demande-leur des comptes :
Quel droit ont-ils de rire d'une folle,
Et que font-ils à la laisser entrer ?

*Il sort.*

LE TÉMOIN.
Vraiment, c'est très étrange. Eh vous, là-bas !

*Entrent les serviteurs.*

Qui c'est qui a laissé entrer la fille ?

UN SERVITEUR.
La fille ?

LE TÉMOIN.
Enfin, cette fille mouillée.

LE SERVITEUR.
Quelle fille mouillée ? On n'a rien vu.

LE TÉMOIN.
Mais où est-elle alors ?

LE SERVITEUR.
On n'en sait rien.

LA MARIEUSE.
Oh, j'ai le cœur figé. Un mauvais signe.

LE TÉMOIN.
C'est bon, sortez, mais gardez bien les portes.
Pour moi, c'est l'heure de monter en selle.

*Il sort.*

LA MARIEUSE.
Ce n'est pas un hasard, cette chanson
Ou ces choses bizarres qui se passent.
Tout ça finira mal.

## 3

## *UNE SCÈNE DE CHEVALERIE*

Une scène de chevalerie *est accompagné d'un fragment rédigé directement en français (langue que Pouchkine utilisait fréquemment pour rédiger ses premiers plans) :*

Un riche marchand de drap. Son fils (poète), amoureux d'une jeune demoiselle noble. Il fuit et se fait écuyer dans le château du père, vieux chevalier. La jeune demoiselle le dédaigne. Le frère arrive avec un prétendant. Humiliation du jeune homme. Il est chassé par le frère à la prière de la demoiselle.

Il arrive chez le drapier. Colère et sermon du vieux bourgeois. Arrive frère Berthold. Le drapier le sermonne aussi. On saisit frère Berthold et on l'enferme en prison.

Berthold en prison s'occupe d'alchimie – il découvre la poudre. – Révolte des paysans, fomentée par le jeune poète. – Siège du château. Berthold le fait sauter. Le chevalier (la médiocrité personnifiée) est tué d'une balle.

La pièce finit par des réflexions – et par l'arrivée de Faust sur la queue du diable (découverte de l'imprimerie, autre artillerie).

# NOTICES

## I

### LE CHEVALIER AVARE

Daté du 23 octobre 1830. Publié dans le premier numéro de la revue de Pouchkine *Le Contemporain*, en avril 1836. Sa création au théâtre était prévue le 1er février 1837. Pouchkine mourut le 29 janvier, et la pièce fut interdite par crainte de manifestations.

On se reportera à l'extrait de *L'Adolescent* de Dostoïevski cité en annexe, dans lequel le héros donne une analyse saisissante de la pièce de Pouchkine.

### MOZART ET SALIERI

Daté du 26 octobre 1830. La pièce fut jouée deux fois du vivant de Pouchkine, au Théâtre Bolchoï de Pétersbourg, les 27 janvier et le 1er février 1832. Le texte fut publié dans l'almanach *Les Fleurs du Nord* de 1832, édité par Pouchkine et ses amis en mémoire du poète Anton Delvig (1798-1831).

Le problème de la justice de Dieu posé dans cette pièce est une des sources du "poème du Grand Inquisiteur" raconté par Ivan Karamazov.

LE CONVIVE DE PIERRE

Achevé le 4 novembre 1830 et resté inédit du vivant de l'auteur.

LE FESTIN PENDANT LA PESTE

Achevé le 6 novembre 1830 et publié dans l'almanach *L'Alcyon* en 1832.

La pièce est une traduction assez exacte d'une scène de la tragédie de John Wilson, *The City of the Plague* (1816), dont le sujet est la peste de Londres en 1665. Les chansons de Mary et de Walsingham, entièrement composées par Pouchkine, transforment le sens de la pièce anglaise.

L'idée du *Festin pendant la peste* est liée à l'épidémie de choléra qui sévissait en Russie en 1830, et maintenait Pouchkine en quarantaine, isolé du monde, dans le village de Boldino.

## II

UNE SCÈNE DU *FAUST*

Publié en août 1828, dans la revue *Le Courrier de Moscou*. Elle ne correspond évidemment à aucune scène du *Faust* de Goethe.

LA SIRÈNE

La traduction du titre *(La Roussalka)* pose un problème insoluble, puisque la *roussalka* est une créature mythologique spécifique au folklore russe. Elle cumule les traits de l'ondine (issue des eaux douces, comme elle, mais pacifique) et ceux de la sirène (potentiellement dangereuse, mais vivant généralement dans la mer). Après avoir longtemps hésité sur le titre, nous avons préféré conserver celui de notre première traduction, pour le mettre en rapport avec *L'Homme des bois* et *Oncle Vania* de Tchekhov, pièce dans laquelle Vania dit à Eléna Andréevna : "Dans vos veines coule du sang de sirène, eh bien, soyez sirène ! Laissez-vous le champ libre une fois dans votre vie, entichez-vous vite d'un démon des eaux – et, plouf, au marais, la tête la première, pour que herr professor et nous tous, nous en restions les bras ballants." (Babel, n° 104, p. 58.)

La pièce fut écrite en 1826, 1829 et 1832, et laissée inachevée dans les brouillons de Pouchkine (elle est publiée comme telle dans toutes les éditions académiques des *Œuvres* de Pouchkine). Pourtant, en 1977, un chercheur russe, Vladimir Retzepter, émit une hypothèse selon laquelle *La Sirène* était bel et bien une pièce achevée – et une pièce paradoxale, profondément tragique ; ici, en effet, la vengeance de la Sirène échoue, puisque le prince, au moment où sa fille doit lui apparaître, est sauvé malgré lui par ses veneurs. Il s'agit donc non seulement d'une tragédie du remords, mais aussi de la vengeance impossible.

L'hypothèse de Vladimir Retzepter a été adoptée lors de l'édition de la première version de cette traduction, sous la direction d'Efim Etkind, aux éditions L'Age d'Homme en 1981.

Comme le fait remarquer Efim Etkind, le sujet de ce drame empreint de folklore russe est tiré d'un opéra comique viennois, *Das Donauweibchen (La Jeune Fille du Danube)*, de F. Kauer (1798).

UNE SCÈNE DE CHEVALERIE

Pièce rédigée le 15 août 1835 et apparemment inachevée, sans titre dans les brouillons de Pouchkine, et accompagnée du plan rédigé en français cité en annexe. Il semble bien, en fait, que Pouchkine, fidèle à son habitude d'écrire par fragments, n'ait pas éprouvé le besoin d'achever son drame – dès lors qu'il en avait noté l'idée générale et prévu le dénouement.

La lecture par Aglaïa de la ballade du "pauvre chevalier" est un des moments forts de *L'Idiot* de Dostoïevski.

# TABLE

# BABEL

*Extrait du catalogue*

629. REBECCA SOLNIT
L'Art de marcher

630. PAUL AUSTER
Constat d'accident

631. ILAN DURAN COHEN
Mon cas personnel

632. THÉODORE MONOD
L'Hippopotame et le Philosophe

633. KHAYYÂM ET HÂFEZ
Quatrains / Ballades

634. RAINER MARIA RILKE
Elégies de Duino

635. FRIEDRICH HÖLDERLIN
La Mort d'Empédocle

636. V. KHOURY-GHATA
Le Moine, l'Ottoman et
la Femme du grand argentier

637. NANCY HUSTON
Nord perdu *suivi de* Douze France

638. MAJA LUNDGREN
Pompéi

639. ELIAS KHOURY
Le Petit Homme et la Guerre

640. COLLECTIF
Jérusalem

641. DENIS LACHAUD
Comme personne

642. JEAN CAVÉ
Une femme d'esprit

643. YOKO OGAWA
Parfum de glace

644. SONALLAH IBRAHIM
Charaf ou l'Honneur

645. TIM PARKS
Comment peut-on aimer Roger !

646. CLAUDE PUJADE-RENAUD
Le Jardin forteresse

647. HENRY BAUCHAU
Le Régiment noir

648. VÉRONIQUE OLMI
Numéro six

649. ANNE BRAGANCE
Les Soleils rajeunis

650. NANCY HUSTON
Une adoration

651. HELLA S. HAASSE
Des nouvelles de la maison bleue

652. STIG DAGERMAN
Automne allemand

653. SEBASTIAN HAFFNER
Histoire d'un Allemand

654. MILJENKO JERGOVIĆ
Le Jardinier de Sarajevo

655. INTERNATIONALE DE L'IMAGINAIRE N° 18
Islande de glace et de feu

656. RUSSELL BANKS
Survivants

657. PATRÍCIA MELO
Enfer

658. LIEVE JORIS
Danse du léopard

659. BALTASAR PORCEL
Méditerranée

660. MAJID RAHNEMA
Quand la misère chasse la pauvreté

661. KHALIL GIBRAN
Le Prophète

662. PAUL AUSTER et GÉRARD DE CORTANZE
La Solitude du labyrinthe

663. YOURI RYTKHÈOU
Unna

664. HUBERT NYSSEN
La Leçon d'apiculture

665. RUBEN GONZALEZ GALLEGO
Blanc sur noir

666. NINA BERBEROVA
Tchaïkovski

667. LAURENT GAUDÉ
La Mort du roi Tsongor

668. GUILLAUME LE TOUZE
Tu rêves encore

669. JOSÉ CARLOS SOMOZA
Clara et la pénombre

670. PAUL NIZON
Chien

671. VÉRONIQUE OLMI
Un si bel avenir

672. SYLVAIN ESTIBAL
Le Dernier Vol de Lancaster

673. BRIGITTE SMADJA
Des cœurs découpés

674. DON DELILLO
Cosmopolis

675. JEAN AMÉRY
Par-delà le crime et le châtiment

676. V. KHOURY-GHATA
Une maison au bord des larmes

677. VÉRONIQUE TADJO
L'Ombre d'Imana

678. NINA BERBEROVA
Le Cap des Tempêtes

679. JOHANNA SINISALO
Jamais avant le coucher du soleil

680. YOKO OGAWA
Le Musée du silence

681. ALFRED DÖBLIN
L'Empoisonnement

682. ALBERTO MANGUEL
Stevenson sous les palmiers

683. ALBERTO MANGUEL
Chez Borges

684. HENRY BAUCHAU
La Grande Muraille

685. JEAN-PAUL GOUX
La Commémoration

686. SIRI HUSTVEDT
Tout ce que j'aimais

687. NIKOLAJ FROBENIUS
Le Pornographe timide

688. FRANÇOISE MORVAN
Le Monde comme si

689. CHI LI
Triste vie

690. FRÉDÉRIC JACQUES TEMPLE
L'Enclos

691. INTERNATIONALE DE L'IMAGINAIRE N° 19
L'Europe de la culture

692. NAOMI KLEIN
Journal d'une combattante

693. GEORGE SAND
Nanon

694. FIONA CAPP
Surfer la nuit

695. CHRISTIAN GOUDINEAU
Le Voyage de Marcus

696. NORMAND CHAURETTE
Scènes d'enfants

697. VÉRONIQUE OVALDÉ
Les hommes en général
me plaisent beaucoup

698. OLIVIER PY
Paradis de tristesse

699. CLAUDE PUJADE-RENAUD
Les Enfants des autres

700. FRANÇOISE LEFÈVRE
Le Petit Prince cannibale

701. PASCAL MORIN
L'Eau du bain

702. ORNELA VORPSI
Le Pays où l'on ne meurt jamais

703. ETGAR KERET
Crise d'asthme

704. YOKO OGAWA
Une parfaite chambre de malade

705. HUBERT NYSSEN
Lira bien qui lira le dernier

706. INTERNATIONALE DE L'IMAGINAIRE N° 20
Cultures du monde

707. IMRE KERTÉSZ
Liquidation

708. SONALLAH IBRAHIM
Warda

709. SEAMUS DEANE
A lire la nuit

710. DIDIER-GEORGES GABILY
L'Au-Delà

711. VLADIMIR POZNER
Le Mors aux dents

712. AKI SHIMAZAKI
Tsubaki

713. LISE TREMBLAY
La Héronnière

714. ALICE FERNEY
Dans la guerre

715. NANCY HUSTON
Professeurs de désespoir

716. SELMA LAGERLÖF
Des trolls et des hommes

717. GEORGE SAND
L'Homme de neige

718. JEAN MARCHIONI
Place à monsieur Larrey
*(à paraître)*

719. ANTON TCHEKHOV
Pièces en un acte

720. PAUL AUSTER
La Nuit de l'oracle

721. PERCIVAL EVERETT
Effacement

722. CARINE FERNANDEZ
La Servante abyssine

723. ARNAULD PONTIER
La Fête impériale

724. INGEBORG BACHMANN
Trois sentiers vers le lac

725. CLAUDIE GALLAY
Seule Venise

726. METIN ARDITI
Victoria-Hall

727. HENRY BAUCHAU
L'Enfant bleu

728. JEAN-LUC OUTERS
La Compagnie des eaux

729. JAMAL MAHJOUB
La Navigation du faiseur de pluie

730. ANNE BRAGANCE
Une valse noire

COÉDITION ACTES SUD – LEMÉAC

Ouvrage réalisé
par l'Atelier graphique Actes Sud.
Achevé d'imprimer
en septembre 2012
par Normandie Roto Impression s.a.s.
61250 lonrai
sur papier fabriqué à partir de bois provenant
de forêts gérées durablement (www.fsc.org)
pour le compte
des éditions Actes Sud
Le Méjan
Place Nina-Berberova
13200 Arles.

Dépôt légal
1re édition : février 2006
N° impression : 123539
*(Imprimé en France)*